Kleine Welt

AF220605

Von Teneriffa über Russland, Tschechien und Ungarn bis nach Thailand spannt sich der Bogen dieser neun Erzählungen; Episoden aus dem Leben, in denen oft auch Frauen eine Rolle spielen. Die Erzählungen berichten von Hoffnungen und Enttäuschungen und von … Sülze.

Der Autor (Jahrgang 1946) ist Physiker und arbeitete viele Jahre nebenberuflich als Übersetzer. Bei BoD veröffentlichte er 2015 den Roman „Kaiserwalzer" und 2017 den Roman „Auseinandergelebt". Er lebt in Thailand.

Thomas Stiehler

Kleine Welt

Erzählungen

Bibliografische Information
der Deutschen Nationalbibliothek
Die Deutsche Nationalbibliothek verzeichnet diese Publi-
kation in der Deutschen Nationalbibliografie; detaillierte
bibliografische Daten sind im Internet über www.dnb.de
abrufbar.

© 2020 Thomas Stiehler
Herstellung und Verlag:
BoD - Books on Demand, Norderstedt

ISBN 9783751949491

Inhalt

Unsere Verabredung mit dem Leben
findet im gegenwärtigen Augenblick statt.
Und der Treffpunkt ist genau da,
wo wir uns gerade befinden.

Buddha

Die schöne Elena

Moskau

„Vorsicht am Bahnsteig, der verspätete Zug aus Wolgograd fährt ein." Na, endlich! Über eine Stunde hatte Elena
schon auf dem Pavelezkij-Woksal[1] auf Nataschas Ankunft
gewartet. Die Bremsen quietschten, der Zug kam zum Stehen, die Türen wurden aufgerissen und die Menge der An-
kommenden vermischte sich mit den Wartenden. Eine Frau
mit schwarzem Umhang und Hochsteckfrisur setzte ihren
schweren Koffer auf Elenas Füße und umarmte ihren Enkel.
Der ließ vor Schreck über die dicke Oma den Blumenstrauß
fallen. Die Lautsprecherstimme, die über Anschlusszüge
informierte, ging in all dem „Hallo!" und „Dobro poschalo-
watsch[2]" unter. Elena befreite ihren Fuß von der Kofferlast
und stellte sich auf die Zehenspitzen, um über das Meer von
Köpfen, Hüten und Mützen hinwegschauen zu können. Natascha sollte ihren roten Regenschirm als Erkennungszeichen
hochhalten, so war es ausgemacht. Endlich, da inmitten der
Menschenmenge erspähte Elena den roten Schirm. Er wippte
auf und ab, kam immer näher, genau auf sie zu.

Fast hätte Natascha ihre Freundin, mit der sie in einem
kleinen Dorf an der Wolga ihre Kindheit und frühe Jugend
verbracht hatte, nicht erkannt. Aus dem Dorfmädchen Elena

---

[1]Pavelezkij-Bahnhof, Moskauer Bahnhof, auf dem die Züge aus
dem Süden Russlands ankommen
[2] Russ.: Herzlich willkommen!

war eine junge Frau geworden, eine Hauptstadtpflanze mit engem Pulli, kurzem Rock und Stöckelschuhen und einer Figur, die selbst hier im Gedränge des Bahnsteigs die Blicke der Männer auf sich zog. Das goldblonde Gestrüpp auf dem Kopf der Dorf-Elena war einer modischen Kurzfrisur gewichen, ein Blond, wie es nur die Natur und keine Chemiemixtur hervorbringen kann. Aber das Hüpfen der Sommersprossen auf ihrem Gesicht wenn sie lächelte war noch wie ehedem. „Hallo, ich grüße das hübsche Fräulein aus der Provinz, Salve Natascha! Ein Jahr lang hast du dich rar gemacht, dabei haben wir uns so viel zu erzählen."

„Ja, meine schöne Helena, das haben wir. Und wie geht es der Moskwitschka?" Natascha musterte Elena von oben bis unten. „Einen geilen Rock hast du an, pass auf, dass er dir nicht über den Hintern rutscht! Und erst dein Pulli! Der Ausschnitt! So etwas würde in der Provinz als anrüchig gelten. Fantastisch siehst du aus, megafantastisch"

„Und du erst! Wie eine Dame! Einfach schick. Deine tollen Beine – wie ein Model auf dem Laufsteg. In diesen High Heels kommen sie erst richtig zur Geltung. Aber du zitterst ja! Was ist los? Nataschenka maja, was ist los mit dir?"

Natascha schaute sich ängstlich um. „Das erzähl' ich dir später. Lass uns erst mal hier verschwinden!"

„Okay. Wir fahren am besten mit dem Bus, das dauert zwar länger als mit der Metro, aber wir müssen nicht umsteigen", sagte Elena, nahm Nataschas Koffer und bahnte sich einen Weg durch die Menge. „Mein Wohnheim liegt etwas außerhalb des Zentrums. Wir haben eine Woche lang sturmfreie Bude. Meine mongolische Zimmergenossin, die mit dem unaussprechlichen Namen, ist zu ihren Eltern gefahren. Wir können den ganzen Tag reden, und die Nacht dazu. Wir können alles machen, das dir bei dem Wort Moskau einfällt

– Shopping, Sightseeing, Freunde treffen, in Museen und Theater gehen …" Elena vollführte mit den Augen ein gedankliches Sightseeing, lotste Natascha hinaus auf den Bahnhofsvorplatz und schob sie in den Bus, der schon an der Haltestelle stand.

„Ein Mega-Programm für die paar Tage", brachte Natascha erschöpft hervor.

„Ja, aber diese Tage müssen wir nützen. Carpe diem! Einige Highlights sind schon fest eingeplant. Ich bin gespannt, wie dir unser Szene-Club gefällt."

„Szene-Club? Was ist *das* denn?"

„Unser Club ist im Kellergeschoß eines Hotels in der Nähe der Uni. Der Bus fährt daran vorbei, ich zeig ihn dir. Dort verkehren hauptsächlich Künstler und solche, die glauben, welche zu sein. Ich kann dir sagen - Typen gibt es da!"

„Passen Sie doch auf! Treten Sie mit ihren Stöckelschuhen nicht auf meinen Hund", fuhr eine Frau Elena an und versuchte mit beiden Armen Platz für ihren Mops zu schaffen.

Natascha zog Elena zu zwei Sitzplätzen, die gerade freigeworden waren. „Ja, ich bin neugierig geworden auf deinen Club. Du scheinst dich ja in dieser Szene und ihren Typen gut auszukennen."

„Ja, mit einem bin ich näher bekannt."

„Was heißt näher bekannt?"

Der Bus passierte einen Bahnübergang und die Fahrgäste wurden ordentlich durchgerüttelt. Die Frau nahm ihren Mops auf den Arm und tätschelte ihn zärtlich: „Keine Angst Mosik, es ist gleich vorbei." Irgendwie sah Mosik seinem Frauchen ähnlich. Elena schaute zum Fenster hinaus, als gäbe es dort etwas Interessantes zu entdecken. Was heißt das, mit diesem Typen näher bekannt zu sein? Wie soll sie das ihrer Freundin erklären, wo sie es doch selbst nicht genau weiß?

Natascha ließ nicht locker: „Was heißt das, näher bekannt?"

„Er ist ein Künstler, und ich bin seine Muse. Gewissermaßen seine Übermuse. Du wirst sehen."

„Ausgerechnet ein Künstler? Oder einer, der es gern wäre? Was für ein Typ ist das?"

„Keine Angst! Ich habe alles unter Kontrolle. Er heißt Valentin Petrow. Ein Maler, ein Autodidakt; sehr direkt und kompromisslos, etwas exzentrisch. Aus der Kunstakademie haben sie ihn rausgeworfen; es war zu einem Eklat gekommen. Valentin hatte im Malsaal wie verrückt herumgeschrien: ‚Hier malt ihr nur Scheiße, imitiert jeden Stil, nur einen eigenen habt ihr nicht.' Seitdem hat er Hausverbot, arbeitet in seinem eigenen Atelier und nennt sich Valentino Beriosowo[1]. Und malt ausschließlich Birken. Mich hat er auch schon als Birke gemalt."

„Waaas? Das ist doch verrückt oder … pervers."

„Mir ist es jedenfalls lieber, wie eine Birke auszusehen, als wie ein Alien mit verdrehtem Kopf und seitlich herausstehender Nase. Kennst du Picasso?"

„Lenk nicht ab! Warum malt er gerade Birken, dein Valentino?"

Elena überlegte, ob sie Valentinos Birken-Geheimnis preisgeben sollte. Aber bei Natascha war sie sich sicher, dass es ein Geheimnis bleiben würde, sie war kein Plappermaul. „Seine Mutter hatte ihn als Säugling während eines Picknicks mit Freunden im Wald unter einer Birke schlafen gelegt und dort vergessen. Erst am nächsten Tag – sie war in-

---

[1] Russ.: von Beriosa – die Birke

zwischen einigermaßen nüchtern – erinnerte sie sich des kleinen Valentinos, rannte in den Wald und nahm ihr Baby der Birke wieder weg. Aber pst! Das hat er nur mir erzählt, sonst niemandem"

Natascha lachte laut los, sodass der Mops erschrocken aufschaute. „He, das ist doch frei erfunden!"

„Wer weiß. Die Mutter lebt nicht mehr, hat sich tot gesoffen. Jedenfalls gilt Valentinos Schöpfungswut nur einem Objekt: dem Baum mit der weißen Rinde. Den malt er in allen Variationen. Wenn du aber an ein Birkenwäldchen denkst – heiß geliebt in unserem Mütterchen Russland – dann liegst du völlig falsch. Valentino malt Birken, die von sich selbst nie behaupten würden, Birken zu sein. Was er malt wird erst durch seine künstlerische Intention zur Birke."

Der Bus fuhr über eine von Stahlträgern und Trossen gehaltene Brücke über die Moskwa. Natascha sah weiße Ausflugsschiffe auf dem Fluss mit winkenden Passagieren an Deck. Es ist Wochenende und Ausflugswetter. Die Moskauer entfliehen ihrer Stadt, hinaus in die Frische der Birkenwälder.

„Was du da erzählst, klingt nach Fanatismus, künstlerischem Fanatismus."

„Ja, du hast Recht. Seine Malerei hat etwas Fanatisches, aber auch Phantastisches. Wenn er mir eines seiner Bilder zeigt, frage ich nie was es darstellt. Warum auch? Es ist immer Birke. Auch wenn es aussieht wie ein Verkehrsunfall. Dann ist es eben eine umgestürzte Birke." Elena legte beide Hände auf die Oberschenkel und spielte mit den rot lackierten Fingern. „Seine Hände sind ständig von Farbklecksen übersät. Manchmal denke ich, diese Farbkleckse sind das Schönste an seiner Malerei. Aber das liegt wohl eher an den Händen."

„Kann er denn von seiner Kunst leben?", fragte Natascha nach einer Weile.

„Nein, verkauft hat er noch nichts. Das sei ein gutes Zeichen, behauptet er."

„Und wovon lebt er dann?"

Elena zögerte, suchte nach einer möglichst unverbindlichen Auskunft: „Er hat mir erlaubt, ihn mit dem Nötigsten zu versorgen."

„Aha, jetzt weiß ich, was Übermuse bedeutet. Und woher nimmst *du* das Nötigste?"

Elena wurde verlegen: „Das ist eine lange Geschichte, verworren und ziemlich Elena-untypisch. Ich erzähl sie dir später. Los, an der nächsten Haltestelle müssen wir raus."

Die beiden Mädchen schoben sich zum Ausgang. Der Mops knurrte, die Mopsfrau schaute den beiden Mädchen giftig nach und dachte: Eine Birke als Kunstobjekt? So ein Blödsinn, an so eine Kunstbirke würde nicht mal mein Mosik pinkeln.

Die Mädchen warteten an der Haltestelle, bis sich die anderen Fahrgäste verkrümelt hatten. Elena zog den Handgriff des Koffers hoch, kippte den Koffer auf die Rollen und zeigte auf ein Treppen-Piktogramm. „Los, wir müssen nur durch die Unterführung, der große Klotz da drüben ist das Wohnheim."

Natascha legte ihren Arm auf Elenas Schulter. „Warte! Was heißt das, die Muse eines eingebildeten Künstlers zu sein? Liebst du ihn? Liebt er dich? Ich habe Angst, dass er dir Unglück bringt, dieser halbverrückte Pinselakrobat."

Wen ihre Freundin liebt, war Natascha schon immer wichtig gewesen, auch damals schon, als es noch um Nachbarsjungen mit strubbligen Haaren und dreckigen Fingernägeln ging. Muse sein und jemanden mit dem Nötigsten versorgen – ist das dasselbe wie lieben?

„Es ist nicht gerade lebensgefährlich, Natascha, doch vielleicht hast du Recht mit deiner Angst. Ich bin wohl dem Birkenmann verfallen, doch an Unglück *denke* ich nicht mal. Valentino hat mich verhext. Wenn wir zusammen sind, dann gibt es kein Unglücksdenken, überhaupt kein Denken; dann gibt es nur den Augenblick."

„Ein Fall von Liebestollheit?"

„Liebestollheit?" Elena fand den Ausdruck nicht unpassend, „ja, vielleicht, oder Liebeswahn. Jedenfalls ist Valentino mein Lehrmeister im Fach Amore, und darin ist er jenseits aller Birkenspinnerei wirklich ein Künstler."

„Oho, ein Künstler mit Lehrauftrag im Fach Amore. Du hast mich neugierig gemacht." Natascha packte ihre Reisetasche und folgte Elena in Richtung der Unterführung. „Ich hoffe, du wirst ihn mir vorstellen."

„Übermorgen kannst du ihn kennen lernen. Wir planen eine Party im Club."

„Deine Augen verraten, dass du ihm wirklich verfallen bist. Offenbar leidest du an einer unerforschten Krankheit, an valentinöser Birkulose."

***

Kaum waren sie in Elenas Studentenbude angekommen, streifte Natascha ihre durchlöcherten Strümpfe ab und wollte sie rasch im Abfalleimer entsorgen. Elena hatte es natürlich bemerkt, die Laufmaschen waren ihr schon aufgefallen, als Natascha ihr am Bahnsteig entgegenkam. „Willst du nicht darüber sprechen?", fragte sie. „Hat es mit der Zugfahrt zu tun?"

13

Natascha nickte nur. Sie zog sich aus, duschte und kam danach in ein Badetuch gewickelt ins Zimmer zurück.

„Es ist eine widerliche Geschichte", begann Natascha, während sie aus dem gardinenlosen Fenster auf das Treiben auf der Straße schaute. Direkt unter ihr stauten sich die Autos auf der vierspurigen Straße, in der Ferne verlor sich das Häusermeer im Dunst. Moskau – die stolze Metropole, Panoptikum der Selbstgefälligkeit. „Mein Geld hatte natürlich nur für ein Platzkartny[1] gereicht. Zum Glück war ich allein in diesem Abteil. Aber nicht lange. Noch am Abend, beim ersten Zwischenstopp in Saratow, kamen drei Männer ins Abteil, Arbeiter von einer Moskauer Baustelle. Ein Schwarzhaariger mit fettigen Locken, ein Blonder mit Igelfrisur und einer mit polierter Glatze. Angeblich hießen sie alle drei Iwan. ‚Sagen Sie einfach Iwan1,2,3'. Dabei lachten sie, als hätten sie einen Witz zum Besten gegeben. Sie machten es sich mir gegenüber auf der unteren Liege bequem und verwickelten mich in ein Gespräch. ‚Nach Moskau wollen Sie? Und ganz alleine?' Offensichtlich kannten sie sich in Moskau gut aus. Sie erzählten von ihren Streifzügen durch die Stadt und protzten mit erotischen Abenteuern, auf deren Ausmalung sie besonderen Wert legten. Ich hätte lieber geschlafen."

Natascha stockte, schloss die Augen. War sie vielleicht selbst schuld an dem Geschehen im Zugabteil? War sie zu naiv, eine zu leichte Beute gewesen?

„Als ich mich gerade schlafen legen wollte, kramte der schwarzhaarige Iwan eine Flasche mit einer gelblichen Flüssigkeit aus seinem Rucksack. ‚Von meiner Mama, Samogon[2] aus Pflaumen', verkündete er stolz, als wäre von einem Bio-Vitamintrunk die Rede. Mit einer Höflichkeit, die an Nöti-

---

[1] Russ.: ein Sechser-Schlafabteil
[2] Russ.: selbstgebrannter Schnaps

gung grenzte, schlug er vor, dass ich mal probiere sollte. Natürlich wehrte ich mich, du kennst ja meine Abneigung gegen Alkohol. ‚Du beleidigst meine Mama', sagte der Mann und schüttelte seine schwarze Mähne. In seiner Stimme lag schon der Hauch einer Drohung. ‚Und mich beleidigst du auch'. ‚Uns alle beleidigst du', fiel der Glatzkopf ein. Aus Angst trank ich ein winziges Schlückchen, froh, dass ich wenigstens als Erste trinken durfte. Mir wurde augenblicklich übel. ‚Du musst den Tropfen im Mund rotieren lassen, bevor du ihn schluckst', erklärte der Schmalzlockige mit Expertenmiene."

Natascha setzte sich aufs Elenas Sofa, stemmte ihre nackten Füße aufs Polster und presste die Knie eng an den Körper. Aus dem Nachbarzimmer drang leise Musik herüber. Ein Mädchen sang „Moskovskije Wetschera" zur Gitarre. „Inzwischen hatte die Flasche die Runde gemacht und die drei hatten der gelben Brühe kräftig zugesprochen. Nun war die Flasche wieder bei mir. Der Blonde hatte sich neben mich gesetzt und hielt mich an der Schulter fest, während der Schwarzhaarige mir die Flasche an den Mund drückte. Nach dem dritten Schluck begann sich in mir ein Kreisel zu drehen. Der Blonde lehnte mich an die Wand, als wollte er mir helfen, zog mich dann zur Seite, sodass ich fast zum Liegen kam. Da begriff ich, wohin die Reise gehen sollte. Mit letzter Kraft befreite ich mich beim nächsten Flaschenwechsel aus seinem Griff, sprang auf und konnte die Abteiltür erreichen."

Elena schaute Natascha mit großen Augen an. Sie konnte kaum glauben, was sie da hörte. Natascha nippte am Apfelsaft und erzählte weiter während sie sich die Haare trocken rieb. „Ich stürmte aus dem Abteil, den Gang entlang, hin zur

Deschurnaja[1], die wegen des Lärms aus ihrem Dienstabteil gekommen war. Ihre bloße Anwesenheit war ein Glück für mich, denn die drei Burschen waren mir auf den Fersen, laut lachend und die Schnapsflasche hoch in der Hand schwenkend. Die Deschurnaja zog mich hinter sich und baute sich breitbeinig im Gang auf. Als die drei Iwans diese gewaltige Person sahen, verschwanden sie immer noch johlend in ihrem Abteil. Die Deschurnaja, eine Frau um die Fünfzig, groß und stämmig wie eine Gewichtheberin, schob mich in ihr Dienstabteil. ‚Ich heiße Mira' sagte sie, ‚warte hier, Töchterchen'. Sie schloss von außen ab und verschwand in Richtung des Iwan-Abteils."

Natascha stand auf und schaute wieder zum Fenster hinaus. Am Fuße der Leninberge strahlte das große Rund des Dynamo-Stadions wie ein Feuerrad in der einsetzenden Dämmerung. Vier riesige Scheinwerfermasten tauchten das Spielfeld in gelbes Licht. „Du glaubst es nicht, Elena, es gibt Frauen, die können es mühelos mit drei besoffenen Kerlen aufnehmen, nicht nur rhetorisch. Nach kurzer Zeit kam Mira zurück. Sie hatte keinerlei Blessuren, aber mein gesamtes Gepäck und all meine Sachen bei sich. ‚Dich drei Trunkenbolden ausliefern, Matuschka, das wäre ja noch schöner! Du bleibst bei mir! Iwan123, ha, die haben wohl nicht alle Tassen im Schrank. Denen habe ich ihren Vitamintrunk in die Haare geschmiert. Jetzt stinken sie bis Moskau nach Pflaume'.

Mir war noch immer übel, aber ich fühlte mich sicher wie ein Küken unter dem schützenden Federkleid der Henne. Ich kletterte auf die Liege, die Mira frisch bezogen hatte, krümmte mich zusammen und lauschte dem gleichmäßigen

---

[1] Russ.: Zugbegleiterin; fährt in jedem Wagen mit. Sie bedient die Reisenden mit heißen Tee und gibt Informationen.

Ba-bum, Ba-bum, Ba-bum der Räder. Ich dachte an unser Dorf, an meine Mutter, meinen Vater und meinen Bruder, an unser behütetes Leben dort."

Natascha machte eine Pause und begann, ihren Koffer auszupacken. „Dreimal musste ich in jener Nacht aufs Klo. Mamas Selbstgebrannter war ein übles Gesöff. Es wollte da wieder hinaus, wo es hereingekommen war. Jedes Mal begleitete Mira mich auf diesem unappetitlichen Gang. Ich kotzte mir die Seele aus dem Leib. Dann schlief ich bis zum Morgen. Mira hatte inzwischen meinen Blusenknopf angenäht. In Moskau angekommen begleitete sie mich bis auf den Bahnsteig. ‚Leb wohl, Töchterchen. Fahr beim nächsten Mal nicht alleine, oder sag mir Bescheid. Hier ist meine Telefonnummer'.

Das Pflaumenschnapsabteil hielt sie noch verschlossen."

„Bosche moj[1]", Elena starrte Natascha fassungslos an, „Bosche moj", wiederholte sie und stemmte beide Hände gegen die Schläfen. „Was hätte ich bloß gemacht in dieser Situation? Männer gibt es…! Dagegen ist mein Valentino ein harmloser Spinner."

***

Elena und Natascha hatten sich herausgeputzt für die Party im Szene-Club, legere Tunika über engen Jeans und dazu High Heels in passender Farbe. Natascha hatte fast eine halbe Stunde vor dem Spiegel zugebracht, die Lippen nachgezogen und die Augenbrauen verstärkt, während Elena nur

---

[1] Russ.: Mein Gott

ihrem naturbelassenen Gesicht im Spiegel kurz zugenickt hatte.

Der Club war nicht weit von Wohnheim, nur dreimal um die Ecke. Sie gingen zu Fuß zu diesem ziemlich heruntergekommenen Hotel. Neben der Tür, etwas abseits, saß auf einem wackligen Hocker eine alte Frau mit einem einzigen Blumenstrauß, den sie mit ihrer zittrigen Hand den Vorübergehenden entgegenstreckte. „Nur 3 Rubel" murmelte sie, ohne Elena und Natascha anzuschauen. Der Zustand der Blumen ließ erahnen, dass sie schon seit dem frühen Morgen hier saß, und dass die Chancen, einen Käufer zu finden, immer geringer wurden.

Das Hotelfoyer war fast menschenleer, eine große kahle Halle, der Boden und alle Wände mit Steinplatten getäfelt. Unter einem Zigarettenautomaten an der linken Wand stand eine Schuhputzmaschine ohne Bürsten. Ein einsamer Mann saß lesend auf einem kunstlederbezogenem Sessel, vor sich auf dem Tisch einen Stapel Bücher. Einziger Schmuck der Halle – ein vielarmiger Lüster an einer Eisenkette. So wurde in den sechziger Jahren gebaut, große ungemütliche Foyers, kleine, noch ungemütlichere Zimmer mit nachgemachten Stilmöbeln; repräsentativ nannte man das.

Die Mädchen gingen auf eine Schwingtür am Ende der Halle zu, über der ein handgemaltes Schild mit der Aufschrift „Club de Visionaire" prangte und stiegen dann eine breite Treppe hinab in den Keller. Natascha riss erstaunt die Augen auf. So etwas hatte sie nicht erwartet. Schon der erste Raum und sein Interieur erinnerten sie an den Film „Die Pariser Bohème", der neulich zu später Stunde im Fernsehen kam. Weiß gekalkte Wände, Fußböden aus ungehobelten Brettern, gewölbte Decke aus unverputzten Ziegelsteinen. Gemälde mit wild hingeworfenen Farbexplosionen bedeckten die Wände. Überall standen Skulpturen aus Holz, Stein oder rostigem Eisen herum und dienten zum Teil als Tisch oder Sitz. Kann man sich auf diesen an einer rostigen Kette hängenden Holzbalken mit Bronzeintarsien setzen, oder darf man ihn nur ehrfürchtig betrachten? Und das uralte Sofa? War es von Künstlerhand veredelt, oder war es einfach nur alt und verschlissen? Man wusste nicht, was Kunst und was Möbel war, denn das Möbel sah genauso abenteuerlich aus wie die Kunst. Der zerfledderte Regenschirm in der Ecke konnte ein vergessener Gebrauchsgegenstand sein oder auch Produkt künstlerischer Gebärfreude. Wahrscheinlich hatten alle Künstler, die hier irgendwann zu Gast gewesen waren, ihre künstlerische Duftmarke hinterlassen. Eine Welt, die Natascha bisher nur aus Filmen und Erzählungen kannte. Könnte sie sich wohl fühlen in diesem Durcheinander von Möbel und Dekoration? Vieles erschien ihr als Provokation, als Versuch herauszufinden, wie weit die Akzeptanz der Betrachter reicht. Mitten in diesen Gedanken tippte ihr jemand auf die Schulter. Elena stand hinter ihr mit einem jungen, verlegen lächelnden Mann. „Das ist Valentino. Meine Freundin Natascha aus Wolgograd."

Etwas linkisch, fast zaghaft gab Valentino Natascha die Hand. „Privet[1]" war alles, das er über die Lippen brachte. Dass Elena ihn sofort auf den Mund küsste, war ihm offenbar peinlich.

„Der taut bald auf", flüsterte Elena Natascha ins Ohr.

Das tat er tatsächlich, nachdem sie an der Bar das dritte Glas geleert hatten. Er taute auf, obwohl er nur Birkensaft, sein Leibgetränk, schlürfte. Er fragte Natascha nach ihrem Studium, er könne sich nicht vorstellen, dass man Sprachen

---

[1] Russ.: Grüß dich.

studieren könne, und dann auch noch Deutsch in Wolgograd, wo doch die Stadt mit Deutschland eher negative Erinnerungen verbinde.

„Das ist lange her", warf Elena ein, „und außerdem hat die Sprache nichts zu tun mit den historischen Ereignissen. Würdest du Französisch ablehnen, weil Napoleon Moskau erobert hat?"

Valentino wollte etwas erwidern, aber da wurden alle Gäste in den Vortragsraum gerufen. Die drei nahmen ihre Gläser und gingen hinüber in den größten Raum des Clubs, in dem uralte Sofas, verschlissene Sessel und Bänke aus dicken Brettern auf Holzböcken als Sitzgelegenheit bereitstanden. Vorn am Rednerpult – ein Mann undefinierbaren Alters mit grauem Vollbart, an der Wand hinter ihm ein Plakat mit dem Thema des Vortrages: Die Rolle des rechten Winkels in der darstellenden Kunst. Der Referent stellte sich als Piere Prjamougolowskij vor. Er lebe in Sibirien, wo er vor ein paar Jahren zwischen Omsk und Tomsk eine Künstlerkolonie gegründet habe. Der rechte Winkel[1] sei die Gottheit dieser Kolonie und er, Prjamougolowskij, werde als eine Art Hohepriester anerkannt.

Er sprach frei und wühlte dabei ständig mit beiden Händen im Gestrüpp seines pittoresken Rauschebartes. „Den rechten Winkel gab es schon, bevor der Mensch sich in erster primitiver Kunst versuchte." Wieder strich er über seinen Bart, als suchte er nach einer Bestätigung seiner Worte. „Die elementare Gewalt des rechten Winkels wurde lange durch das verdrängt, was der Mensch in seiner gekrümmten Umgebung zu sehen glaubt. Doch was man *sieht*, ist nicht das, was *ist*. Tatsächlich ist alles, was wir sehen, eine multiple Kom-

---

[1] Rechter Winkel auf Russisch: прямой угол - Prjamoj ugol

position aus einer endlichen Menge rechter Winkel. Diese Tatsache für die Augen des Laien sichtbar zu machen, haben die Künstler unserer Kolonie als ihre Aufgabe erkannt."

Nach einem tiefen Schluck aus dem Wasserglas – er lehnt alle Getränke ab, die nicht mit W beginnen – verkündete er mit prophetischem Glanz in den Augen, dass jetzt ein Silberstreif am Horizont auszumachen sei. Die Architektur – ausgenommen die lebensbedrohlich instabile russische Dorfarchitektur – folge schon seit geraumer Zeit den Gesetzen des rechten Winkels. Nunmehr gewinne der rechte Winkel – bewusst oder unbewusst – immer mehr Macht auch über die Akteure der darstellenden Kunst. Das senkrechte Aufeinandertreffen zweier Linien müsse man als singuläre Laune einer höheren Instanz verstehen. Der Künstler dürfe sich dieser Tatsache nicht verschließen. In der Malerei sei der rechte Winkel die ultimative Elementarisierung des Kubismus. Denn woraus besteht ein Kubus? Aus einer Menge rechter Winkel. Wie viele, das sei der Intuition des Künstlers überlassen. Der Kubismus, von vielen bejubelt, von wenigen verstanden, sei die Vollendung des Prjamougolism, des Rechtwinkelismus. Genauso wie der Kubismus werde der Prjamougolism den einfachen Mann von der Straße zunächst befremden. Aber wenn die Kunst dem Durchschnittsmenschen nicht gefalle, dann spreche das nicht gegen, sondern für die Kunst. Der Künstler arbeite nicht um zu gefallen, sondern um tief liegende Wahrheiten an die Oberfläche zu spülen.

Natascha hatte bis dahin dem Vortrag wohlwollend gelauscht. Warum nicht mal eine Lektion in Kunsttheorie bekommen? Jetzt aber regten sich bei ihr Zweifel. Sie tuschelte Elena ins Ohr: „Normalerweise gehe ich nicht in eine Galerie, um der Hochspülung tief liegender Wahrheiten beizuwohnen, sondern um schöne Bilder zu betrachten."

Elena flüsterte zurück: „Schön ist subjektiv. Dem einen gefällt dies, dem anderen jenes."

„Aber muss man wirklich – wie Prjamougolowskij behauptet – in der wohlgerundeten Form eines weiblichen Busens eine endliche Zahl rechter Winkeln sehen?"

„Pst!", zischelte jemand aus der ersten Reihe.

Natascha ignorierte von nun an Prjamougolowskijs Rechtwinkelgeschwätz und musterte unauffällig Valentino. Sein kantiges Gesicht wurde von schwarzen, fettglänzenden Korkenzieherlocken eingerahmt. Unter dem spitzen Kinn ragte – wie ein zweites Kinn – ein ständig auf und ab hüpfender Adamsapfel hervor. An seinen Beinen hingen schlaksige Jeans, die am unteren Ende in Fransen übergingen. Dazu trug er ein schwarzes T-Shirt mit der Aufschrift: I. A. T. A. Er ist nicht hässlich, dachte Natascha, aber ein Adonis ist er auch nicht.

Valentino wirkte unkonzentriert, als schwelgten seine Gedanken in höheren Sphären. Er dachte an seine Birkenbilder. Da hatte er an den rechten Winkel nie einen Gedanken verschwendet. Aber vielleicht wäre es einen Versuch wert: Der rechte Winkel als Abstraktion der Birkenhaftigkeit unseres Seins. Schließlich ist alles, was wir uns vorstellen, nur ein Produkt der Emissionen, die die schwabbelige Masse in unserem Kopf absondert. Alles, was wir sehen, existiert nicht objektiv, sondern wird in unserem Kopf produziert. Vor Valentinos geistigem Auge entstand die Rechtwinkelbirke, rot, auf schwarzem Grund. Oder schwarz auf rotem Grund. Wir werden sehen.

Nach dem Vortrag gingen sie zurück an die Bar. Elena und Natascha schlürften einen Tomatensaft mit Salz und Pfeffer, Valentino trank seinen Birkensaft und unterhielt die ganze Bar mit Anekdoten. Allerdings verstand Natascha die

meisten seiner Witze nicht. Was sollte zum Beispiel die Geschichte mit dem Mädchen und den drei Liebhabern? Als die
anderen lachten und Valentino sich wie wild auf die Schenkel klopfte, bemühte sich Natascha, auch ein Lächeln aufs
Gesicht zu zaubern. In Wirklichkeit fühlte sie sich ausge-
schlossen, eben wie eine aus der Provinz. Sie gehörte nicht
wirklich dazu, zu dieser Truppe, die eine Selbstsicherheit
ausstrahlte, als wäre dieser Hotelkeller der Nabel der Welt.
Natascha konnte nicht mitschaukeln auf der Welle der haupt-
städtischen Verrücktheiten.

Elena dagegen schwamm ganz obenauf. Nach Valentinos
Dreiliebhaber-Witz lachte sie hell in den halbdunklen Raum
und brachte damit die Wolke bläulichen Tabakrauchs in
Wallung. Natascha musterte von der Seite ihre Freundin,
deren Augen an Valentinos Lippen hingen. Elena ist wohl
weniger Valentinos Kunst verfallen, als vielmehr seiner Leidenschaft, von der sie sich nur zu gern mitreißen lässt. Sie
will dazugehören. Wozu, das weiß sie wohl selbst nicht genau. Sie bemüht sich um Zugang zur Valentino-Sphäre, in
die Natascha wohl nie eindringen kann und auch nicht eindringen will. Eine Sphäre, in der eifrig an einer Scheinwelt
gezimmert wird, während oben, in der realen Welt, ein altes
Mütterchen hockt, deren Blumen wahrscheinlich in den
Abend hineinwelken.

***

Am nächsten Morgen präsentierte Valentino den beiden
Mädchen die letzten Produkte seiner Leidenschaft. Das Atelier befand sich auf dem Dach eines Wohnhochhauses im
Akademischeskij Raijon, in einer Art Holzverschlag direkt
unter dem Himmel. Atemlos kamen die drei oben an. Der

Lift war kaputt oder irgendwie verhindert. Das Atelier, ein spärlich eingerichteter Raum, war vollgestopft mit Leinwänden aller möglichen Formate. Ein Fenster gab es nicht und auch weder Wasser noch Strom. Das Dach der Bude bestand aus durchsichtigem Wellplastik, wodurch das Tageslicht fast ungehindert eindringen konnte. Da es kein elektrisches Licht gab, konnte Valentino nur am Tag arbeiten. Einige herumstehende Kerzenstummel ließen jedoch vermuten, dass dieser Raum abends und nachts auch zu anderen Zwecken genutzt wurde.

Natascha schaute sich um. Der Raum hatte gerade durch die Unordnung, die hier herrschte, ein gewisses Flair. Diese Unordnung wirkte auf sie nicht unordentlich, sondern eher wie eine Art Patina. Die Dinge lagen nicht einfach so herum, sie lagen irgendwie ungeordnet angeordnet.

Valentino setzte sich auf das verschlissene Ledersofa, das nur drei Beine hatte; ein Stapel Bücher ersetzte das vierte Bein. Vor dem Sofa stand ein winziger runder Tisch mit Messingplatte, darauf ein Aschenbecher aus Ton. Sofa und Tischchen waren die einzigen Möbelstücke, abgesehen von einigen leeren Bierkästen mit Kissen, auf denen sich Elena und Natascha niederließen. Überall Bilder und Malutensilien, Pinsel, Spachtel, Paletten, Farbgläser und Tuben. Die Bretterwände waren lückenlos von wilden Farbklecksen bedeckt. Valentino nannte die Wände Birkenwald und den Raum seine Lichtung. Um keine Peinlichkeit aufkommen zu lassen, schlug Elena vor, einen Tee zu kochen. Während sie den Benzinkocher anwarf, drehte sich Valentino eine Zigarette aus einem dunklen Gestrüpp, das nach Kräutern roch und bläulichen Rauch produzierte. Natascha schwieg und musterte die herumstehenden Leinwände. Manchmal stand sie auf und ging nahe heran, als wollte sie die Technik des Farbauftrages studieren. Oder sie schaute aus einiger Entfernung, um den Sinn des Dargestellten zu enträtseln. Sie musste sich eingestehen, dass von diesen Bildern eine gewisse Attraktion ausging, konnte aber in diesem überbordenden Farbenwirrwarr keine einzige Birke erkennen. Valentino schaute sie fragend an. Natascha war sich unschlüssig, ob sie ehrlich oder höflich sein sollte? Schließlich sagte sie: „Interessant."

Valentino zuckte zusammen. Interessant? Ein nichtssagendes Urteil, in seiner Beliebigkeit kaum zu übertreffen. Ein höfliches Mäntelchen zur Verhüllung ihrer wirklichen Meinung. Hätte sie gesagt *so ein Scheiß*, hätte das wenigstens Emotionen verraten. Doch wie sollte jemand, der in der Provinz Deutsch studiert, seine Kunst verstehen? Das würde eher gegen seine Bilder sprechen.

Elena versuchte zu vermitteln: „Deine Kunst, Valentino, erschließt sich nicht jedem und vor allem nicht sofort."

Valentino nickte stumm. Nach einer Weile murmelte er etwas, das wie eine Entschuldigung klang. Kunst machen sei eben kein Beruf, sondern Berufung. Man könne sich mit achtzehn entscheiden, Pilot oder Kinokartenabreißer zu werden. Künstler sei man von Geburt an, oder eben von Geburt an nicht. Er müsse einfach diese Art Kunst produzieren, er dünste sie regelrecht aus.

Valentinos letzte Ausdünstung stand noch auf der Staffelei: eine rot übermalte Leinwand im Format 1 x 2 Meter. Darauf etwas außermittig in großen grünen Lettern das Wort: БЕРЁЗА![1]. Natascha war das Werk bei ihrer Kunstbeschau aufgefallen. Wenigstens *ein* Bild, dessen Bedeutung sich ihr erschloss.

---

[1] Russ.: Birke

Valentino drehte sich die nächste Zigarette und setzte noch mal Teewasser auf.

Elena flüsterte Natascha ins Ohr: „Er hat allein an dem Ausrufezeichen eine Woche gearbeitet. Ursprünglich war es weiß, dann schwarz und schließlich grün wie die Schrift. Damals wurde ich schon ungeduldig, denn während solcher Schöpfungsphasen bin ich Luft für ihn. Meine Ungeduld machte ihn regelrecht wütend. Einen Künstler zur Eile mahnen, sei dasselbe, wie einen Seiltänzer auffordern, bei der Arbeit eine Abkürzung zu nehmen."

Valentino schwieg und blies Ringe in die Luft. Natascha spürte, dass sie noch etwas Positives sagen sollte. „Einige deiner Werke werden bestimmt ein kunstverständiges Publikum ansprechen." Und fügte rasch hinzu: „Was heißt ansprechen – begeistern!" Valentino nickte wortlos und blickte tief in die Teetasse, als könne er dort die Vorboten seines künftigen Ruhmes ausmachen.

Elena gab sich Mühe, Valentinos Stimmung aufzuhellen: „Oft wurden Künstler erst von der Nachwelt richtig erkannt und gewürdigt. Ich jedenfalls finde deine Malerei schon jetzt P-H-A-N-T-A-S-T-I-S-C-H, phantastisch und einmalig."

Natascha nickte, aber wurde den Verdacht nicht los, dass Elena damit nicht Valentinos Kunstwerke meinte, sondern all das, was sie in diesem Atelier hoch über den Dächern der Multimillionenstadt schon erlebt hatte. Elena, das Mädchen aus dem verträumten Dorf am Ufer der Wolga. Das Mädchen aus dem einfachen Holzhaus, vor dessen Tür von früh bis Abend die Babuschka[1] saß und ihre Erinnerungen in den Steppenboden tröpfeln ließ.

---

[1] Russ.: Großmutter

***

Gegen Mittag erreichten Natascha und Elena auf ihrer Stadterkundungstour den Bulvarnoje Kalzo [1], diesen verkehrsgeschädigten Grüngürtel, der das Stadtzentrum zusammenhält. Puschkin, der russische Nationaldichter mit dem nichtrussischen Kopf, grüßt vom hohen Sockel mit bloßem Haupt. Den Hut hält er hinter dem Rücken versteckt. Ein Herr mit altmodischer Hornbrille und langen weißen Haaren, die er zu einem Schwanz gebunden trug, deklamierte vor dem Denkmal Verse des großen Dichters. Eine Handvoll Menschen, locker um ihn geschart, lauschte andächtig seinen Worten und war von dem von Pathos triefenden Vortrag sichtlich gerührt. Eine kleine Insel der Besinnlichkeit inmitten des wogenden Meeres der rastlosen Großstadt. Natascha und Elena hörten eine Weile zu, applaudierten artig, ließen dann Puschkin und den Deklamierer links liegen und steuerten ein nahes Café an, in dem Elena neulich diesen köstlichen italienischen Kaffee mit einem Häubchen aus Milchschaum entdeckt hatte. „Den musst du probieren! Ein Hauch von Italien, mitten in Moskau."

Sie hatten gerade im Café Platz genommen, als sich ein schwarzer Wolkenhaufen vor die Sonne schob, und der Himmel mit dunklen Gebärden drohte. Windböen fegten Dreck und Unrat über den Bulvarnoje Kalzo und verfingen sich in den Wipfeln der Bäume. Ein jäh einsetzender Regen prasselte auf den Asphalt und jagte die Menschen von der Straße. Selbst die Blumenverkäuferin vor dem Eingang des Cafés raffte ihr armseliges Grünzeug zusammen und suchte das Weite.

---

[1] Russ.: Boulevard-Ring = innerer Straßen-Ring um das Moskauer Zentrum

Natascha schaute sich im Café um. Das hatte es früher in Russland nicht gegeben, solch schicke Designer-Cafés; runde Tische aus verchromten Metall mit dicken Glasplatten, textiler Fußboden, futuristische Bilder an den Wänden, dazu passende Lampen und gemütliche Sessel. Und leise Musik, die durch den Raum zu schweben schien. Natascha inspizierte ihre Einkaufstüten. Den ganzen Vormittag waren sie von Laden zu Laden gepilgert; eine Art Beutezug, der ihre Einkauftüten füllte und die Geldbörsen leerte. Doch für einen Cappuccino reichte es allemal. Zwei Tassen mit viel Schaum bitte. Die Bedienung nickte und lächelte freundlich. Auch das war neu in Russland.

Vor vier Tagen war Natascha in Moskau angekommen, voller Spannung und Neugierde. Vier Tage und vier Nächte, in denen die beiden Freundinnen ihre Stimmbänder zum Glühen gebracht hatten. Aber wovon Elena sich und ihren Valentino durchbrachte, war für Natascha immer noch ein Rätsel. Jetzt wäre eine Gelegenheit, dieses Geheimnis zu lüften.

„Wolltest du mir nicht von Valentinos Lebensunterhalt erzählen? Wovon lebt er, und was hast du damit zu tun?"

Elena rührte nachdenklich im Cappuccino und zeichnete Figuren in den Milchschaum. Jetzt muss es heraus. Eigentlich war sie froh, ihr Geheimnis endlich mit jemandem teilen zu können. Und von niemandem, außer Natascha, könnte sie Verständnis für diese Geschichte erwarten. Beichten befreit, obwohl es an der Sache selbst nichts zu ändern vermag.

„Es ging los mit einer Vorgeschichte", begann Elena, „einer unglaublichen und – sie zögerte etwas – leicht erotischen Episode. Meine Hormone spielten schon verrückt, bevor das Studium richtig begonnen hatte. Wir absolvierten einen Kurs für Militärsanitäter in Dmitrov, alle Studenten des Medizinsemesters und einige Lehrkräfte. *Er* war auch dabei. Alle nannten ihn nur den Professor. Bei einer der ersten praktischen Übungen waren der Professor und ich allein im Sanitätszelt. Ich übte das Gliedereinrenken an einem Dummy, er übte das Berühren der Glieder an mir. Das machte er so geschickt, dass man es als pädagogische Unterweisung hätte werten können, keine Spur von plumper Annäherung. Natascha, von einem Professor berührt zu werden – das war für mich eine ganz neue Erfahrung, wie eine kleine unverdiente Auszeichnung. Er schob mein Bein in die richtige Position indem er die Hand an meinen Oberschenkel legte. Er fasste mich am Handgelenk, zeigte mir, welchen Winkel ich zum Arm des Dummys einnehmen muss. Meine Hand hielt er länger als eigentlich notwendig gewesen wäre. Dann berührte er meine Schulter, was gar nicht notwendig gewesen wäre. Er schaute mich an, als seien wir alte Freunde. Ich glaube, in diesem Augenblick wurden wir zu *alten Freunden*. Keine Spur von Peinlichkeit, ja, nicht mal Verlegenheit. Auch nicht bei mir, wo ich sonst bei jeder Gelegenheit rot werde."

Elena trank einen Schluck vom Cappuccino. Ihre Augen waren auf einen imaginären Punkt im Raum gerichtet, als würde sie von dort die Erinnerungen ansaugen. Ein rosa Schimmer überzog ihre Wangen. „Eigentlich ist er kein schöner Mann, der Professor. Das Gesicht trägt deutlich die Spuren seiner dreiundvierzig Jahre. Dreiundvierzig, Nataschenka, – mehr als doppelt so alt wie ich. Aber seine Augen sind jung geblieben, jung und erstaunlich lebendig, mal die eines frechen Jungen und mal die eines reifen Mannes. Für mich ist er ein schöner Mann. Wenn er mich dort im Zelt auf der Stelle geküsst hätte, ich hätte mich nicht gewehrt. Ich hätte mich nicht mal darüber gewundert. Er lachte nicht und

29

sagte nichts. In seinem Blick lag nur die tonlose Frage: Ja? Eine Frage, die schon die Antwort enthielt."

Elena zählte unauffällig ihr Geld. „Noch zwei Cappuccino, bitte, und ein Glas Wasser."

„Diese Episode im Zelt", fuhr Elena fort, „hat wahrscheinlich nicht länger als zwei Minuten gedauert. War es überhaupt eine Episode? Vielleicht war alles nur Einbildung? Einbildung einer gerade mal zwanzigjährigen Medizingöre aus der Provinz, unerfahren nicht nur in der Medizin, sondern in fast allen Dingen des Lebens. Als jemand in das Zelt kam, sagte er leise zu mir: ‚Es wird gut werden'. Ich wusste nicht genau, was er meinte, aber ich hatte keinen Zweifel, dass es gut wird."

„Bitte schön, zwei Cappuccino und ein Wasser." Die Kellnerin stellte die Bestellung auf den Tisch und räumte die leeren Tassen ab. Draußen auf dem Puschkin-Platz war der Sturm noch immer damit beschäftigt, die Bäume hin und her zu biegen und Regengüsse an die Fassaden der Häuser zu peitschen. Menschen eilten – Aktentasche über dem Kopf – zur Metrostation Puschkinskaja. Auf den schmalen Sims am Fenster des Cafés hatte sich ein Spatz geflüchtet. Das überragende Dach schützte ihn ein wenig vor den Wetterkapriolen. Frech schaute er auf die Caféhausgäste. Die Glasscheibe schützte ihn vor deren Zugriff. Das schien er zu wissen.

Nach einem Schluck aus der bauchigen Tasse setzte Elena ihre Beichte fort. „Sein Name ist Alexander Nikolajewitsch Garantin. Professor für Chirurgie. Wenn er nicht Professor an der Uni ist, dann ist er Chefarzt in dem privaten Krankenhaus, an dem wir vorhin vorbeigegangen sind. Wenn er nicht Chefarzt ist, dann ist er Familienvater mit Frau und zwei Kindern. Wenn er nicht Familienvater ist, dann ist er mein Geliebter, mein Alex."

Dieses *mein Alex* klang nicht nach Besitzanspruch, eher nach Verwunderung oder so, als wäre Elena selber erstaunt über diese Feststellung.

„Meine Antwort auf seine Frage damals im Zelt war: JA!!! Immer wieder gesprochen, in Großbuchstaben. Und glaube mir, Natascha, es ist mir kein bisschen schwer gefallen, seine Geliebte zu werden. Ja, es ist Unrecht, das fühlte ich damals und das fühle ich noch immer. Aber Moral hin oder her, es gibt eine Macht, die mir keine Wahl lässt. Seine Sicherheit und seine sorglose Art machen mich wehrlos. Wenn wir beisammen sind, berühren sich nicht nur unsere Körper, es berühren sich auch unsere Gedanken. Er geht mit mir durch Denkräume, die ich noch nie zuvor betreten habe, und er zeigt mir eine Welt, die mir bisher fremd war. Er ist freilich kein heißblütiger Liebhaber wie Valentino. Während Valentino die Liebe so zelebriert, wie er seine Bilder malt, selbstvergessen und ekstatisch, sind Alex´ Umarmungen ruhig, aber intensiv und nie langweilig. Wir folgen einer geheimen Choreographie, wir tun nicht das Gleiche, aber alles passt zusammen. Das Gefühl, das ich habe, wenn seine Zunge meine empfindlichsten Stellen berührt, ist unbeschreiblich."

„Liebst du ihn?", unterbrach Natascha Elenas Erzählung.

„Ich kann nicht sagen, ob ich ihn liebe. Vielleicht passt dieses Wort nicht zu unserer Beziehung; eine Beziehung, die ohne Schwüre, ohne Versprechungen und bisher ohne Enttäuschungen auskam. Ich mag ihn, ich mag ihn sehr. Er tut mir einfach gut."

„Und wo praktiziert ihr eure enttäuschungslose Beziehung?"

„Ja, das ist ein Problem, denn seine Frau darf nichts merken von dieser Liaison. Wenn er in der Freitagsvorlesung nach der Pause seine Krawatte ablegt, weiß ich, dass wir uns am Wochenende treffen können. Dann warte ich am Samstag um vier hinter dem Sawjolowskij Bahnhof. Es dauert meist nicht lange, dass sein Shiguli um die Ecke biegt. In bester Laune fahren wir dann die paar Kilometer hinaus nach Marfino, auf sein Grundstück mit einer Datscha aus Holz und Pappe. Wir turteln und scherzen herum wie die Kinder. ‚Wir flüchten in unseren Liebeskarton', singen wir im Duett. Dort liegen wir dann wie ein Paar ungleicher Schuhe im Karton und vergessen die Welt. Marfino ist unser kleines Paradies. Dort in Marfino, im Liebeskarton, habe ich meine Jungfräulichkeit verloren. Wenn man lustvolles Geben als Verlieren bezeichnen kann."

Der Spatz saß noch immer am Fenster, schaute herein, als interessierte auch ihn die Geschichte vom Schuhkarton-Paradies.

„Manchmal, wenn ich nachts wach liege, denke ich, dass unser Treiben in Marfino etwas Unanständiges hat. Mag sein, doch ich spüre keine Reue. Noch nie habe ich eine Stunde mit Alex bereut, keine Stunde und keine Umarmung. Wenn ich danach am Fenster stehe und zusehe, wie er unten am Schuppen hinter der Datscha mit nacktem Oberkörper die Axt schwingt und ganze Baumstämme in kleine Holzscheite zerlegt, dann wird mir warm, als würde das Holz schon im Kamin lodern."

„Aber was hat das mit Valentino und seinem Lebensunterhalt zu tun?", warf Natascha ein.

„Ja, da ist noch etwas, das mir an Alex gefällt: seine Noblesse. Seine Großzügigkeit ist rührend und ursprünglich, bedingungslos. Sie macht nie, dass ich verlegen werde. Er kennt meine Wünsche noch bevor ich sie selber kenne, und er erzeugt in mir neue Wünsche. So kann ich mir Trauben leisten, die sonst zu hoch hingen, zum Beispiel das Kleid, das ich gestern im Club anhatte."

„Und Valentino?"

„Nachdem ich Valentino kennen gelernte hatte, zögerte ich keinen Moment, Alex von diesem mittellosen Künstler zu erzählen, und dass wir uns nahe stehen. Seitdem finanziert Alex auch noch Valentinos täglich Brot und dessen Birkenwahn. Ab und zu lässt er sich Bilder von Valentino schenken, eines hängt sogar in der Datsche in Marfino. Und er hat nie gefragt, ob ich mit Valentino schlafe."

„Und weiß Valentino von Alexander?"

„Nein, Valentino ist ahnungslos. Ahnungslos, wie nur ein Künstler es sein kann. Es interessiert ihn nicht, woher das Geld für seine Kascha kommt. Vielleicht merkt er gar nicht, dass er subventioniert wird.

Ich habe mich oft gefragt, ob ich ein schlechtes Gewissen wegen dieser Doppelliaison haben muss. Die Antwort ist: Ja, ich sollte. Aber ich habe kein schlechtes Gewissen. Weder Alex noch Valentino gegenüber. Ich bin so etwas wie schlechtgewissenlos, wenn es das gibt."

Draußen machte der Regen schlapp. Der Himmel hatte seine gewaltige Notdurft verrichtet und schob nun kraftlos ein unentschlossenes Tröpfeln nach. Der kleine Spatz war vom Fenstersims verschwunden. Natascha schaute nachdenklich hinaus auf die vor Feuchtigkeit dampfende Straße und dann auf ihre Freundin, die sich von ihrer Beichte erschöpft zurücklehnte. Nein, das war nicht mehr die kleine, fragile Elena aus ihrem Dorf, mit der sie barfuss über die Wiesen gerannt war und Schmetterlinge gefangen hatte, mit der sie gemeinsam die Buben der Parallelklasse geneckt und die erste Zigarette geraucht hatte. Babotschka hatte sie Elena genannt. Babotschka – der Schmetterling. Und bald nannten alle im Dorf sie nur noch Babotschka. Sie war schon damals ein hübsches Mädchen, eine Helena mit goldenem Haar. Alle liebten sie, und sie liebte alle. Diese Elena hier, mit der sie im Café am Puschkinplatz sitzt, ist eine junge, selbstbewusste Frau. Eine Frau von natürlicher Schönheit. Das musste Natascha neidlos anerkennen. Wenn sie selbst morgens fast eine Stunde vor dem Spiegel zubrachte, um sich optisch in Form zu bringen, so verwendet Elena kaum zehn Minuten darauf. Elena ist schön von Geburt. Wie ungerecht doch angeborene Schönheit ist, ein unverdientes Geschenk.

„Woran denkst du?", fragte Elena.

„Ich habe Angst um dich", Natascha legte ihre Hand auf Elenas Arm, „in deinem Herz wohnen zwei sehr unterschiedliche Männer. Die beiden haben nur eines gemeinsam: DICH. Aber sie bieten dir keine Perspektive, keiner von beiden. Irgendwann wirst du beide verlieren. Den einen kannst du nicht halten, weil er in den Schoß seiner Familie zurückfällt; dem anderen kannst du nicht folgen, weil er sich in einem Fantasiereich verliert, zu dem wir keinen Zugang haben. Es wird für dich ein Leben nach Valentino und Alex geben, und du solltest nicht bis ans Ende deiner Tage jemanden suchen, der Valentino und Alex in einem ist. Suche nicht nach einem Valentalex. Den gibt es nicht!"

Elena lächelte: „Das ist das Schöne an dir, du kannst weh tun, ohne, dass es wirklich weh tut." Sie setzte die Tasse steil an den Mund und genoss den letzten Schluck. „Übrigens, du kennst Alex. Er saß gestern in angeregtem Gespräch im Club mit Valentino an der Bar. Es ging um die Rolle der Birke in der Pharmazie. Alex hatte Valentino erzählt, dass schon im antiken Griechenland die Träne der Birke zur Blutreinigung verwendet wurde. Der Birkensaft habe auch als Schönheits- und Stärketrunk gegolten. Valentino hat sicherlich über die

Birke als Kunstobjekt doziert. Die pharmazeutische Wirkung ist ihm völlig wurscht. Beide sprachen von ein und demselben Ding, aber völlig aneinander vorbei. So sind sie, meine beiden Männer."

„Vielleicht haben sie nicht nur aneinander vorbei geredet, sondern Valentino beginnt zu ahnen, wer oder was sie beide verbindet?"

„Nein, nein, Valentino kennt nur den Alexander Nikolajewitsch, er weiß nichts von Alex und nichts von Marfino. Er hat keine Ahnung, woher das Frühstück kommt, das er täglich in sich hineinstopft. Er weiß auch nicht, wer in Wirklichkeit den Drink bezahlt hat, den er gestern Abend großspurig Alex spendierte."

„Hoffentlich täuschst du dich nicht."

***

Früh am Morgen lagen noch Nebelschwaden über der Stadt. Zwiebeltürme und Hochhäuser ragten aus dem Dunst wie Inseln aus einem Wattemeer. Weiße Schleier über der Moskwa dämpften das Heulen der Sirenen der Ausflugsschiffe, die sich zu ihrer Fahrt bereitmachten. Natascha saß mit Elena und Valentino im Atelier hoch über den Dächern der Stadt. An Nataschas letztem Tag in Moskau wollten sie gemeinsam frühstücken. Valentino hatte zur Feier des Tages das Geschirr abgewaschen und eine Holztafel, die er eh übermalen wollte (ein Besucher hatte das Bild als Birkenwald erkannt), zum Tisch umfunktioniert. Zum typisch russischen Kastenbrot servierte Elena Jaitschnitza[1]. Dazu grünen

---

[1] Russ.: Spiegelei

kaukasischen Tee mit Kandiszucker und ein winziges Schlückchen Wodka.

Jetzt, da Natascha von Alex wusste, sah sie Valentino mit anderen Augen. Ja, sie konnte sich sogar mit einigen seiner Bilder anfreunden. Drücken sie nicht – vielleicht unbewusst – das Verworrene dieser Dreierbeziehung aus?

Unbewusst? Vielleicht wusste Valentino doch von Alex und Marfino? Vielleicht war er Elena eines schönen Samstags gefolgt, hinausgefahren nach Marfino, hatte aus respektvoller Entfernung den Liebeskarton, die Datscha aus Holz und Pappe beobachtet, und die Birken, die sie umstehen? Und da er ahnte, was in dem Haus vor sich ging, sah er seine geliebten Birken mit anderen Augen, sah sie so, wie er sie malte. Wenn man sich – weil man sprachlos ist – nicht in Worten mitteilen kann, tut man es wie ein Kind in Bildern. Vielleicht ist es Verzweiflung, die ihm den Pinsel führt. Kann er sein Elend nur ertragen, indem er es wie ein Elender malt?

***

„Ich danke dir, Natascha, dass du mir zugehört hast, aber auch für deine Meinung zu Valentino und Alex." Natascha und Elena standen dicht beieinander auf dem Bahnsteig, auf dem hunderte Menschen auf den Zug nach Wolgograd warteten.

Die Mädchen schauten sich an. Eigentlich bedurfte es keiner Worte. Doch Elena war in sentimentaler Stimmung. „Ich denke oft unsere Zeit dort im Dorf an der Wolga. Das Leben schien so einfach. Es hat von uns keine wirklichen Entscheidungen verlangt. Wenn ich in der Schule schlechte Noten hatte, gab es zu Hause Zoff. Der war am nächsten Tag vergessen. Dann gab es statt Zoff eine Portion Vanilleeis. Alles war wieder gut. Es war überhaupt fast immer fast alles gut. Und wenn meine Eltern mal richtig vergrätzt waren, habe ich mich zu meiner Großmutter auf die Bank vors Haus gesetzt und sie erzählte mir ein Märchen, das ich schon hundertmal gehört hatte. Aber mit jedem Erzählen wurde es schöner. Meine Großmutter ist vor zwei Jahren gestorben, wir sind erwachsen geworden. Die Kindheit ist schon gegangen und die Jugend geht gerade, oder wie der Lateiner sagt: Tempora mutantur, nos et mutamur in illis[1]. Natascha, jetzt *können* wir selbst über uns entscheiden, aber wir *müssen* auch selbst entscheiden. Ist das der Preis des Erwachsenseins? Sind wir überhaupt darauf vorbereitet? Wer sagt uns, ob wir das Richtige tun?"

„Ja, wir sind erwachsen geworden, und keiner nimmt uns Entscheidungen ab. Ob wir das Richtige tun, muss die Zukunft zeigen. Wer kann schon wissen, was morgen geschieht."

Der Zug fuhr ein. Natascha hielt Ausschau nach Mira, der Deschurnaja[2]. Nur mit ihr, unter ihrer Obhut, wollte sie zurückfahren. So hatten sie es am Telefon vereinbart. Mira schwenkte ein weißes Tuch aus dem Abteilfenster. Sie hatte schon die mittlere Liege in ihrem Abteil mit frischem Bettzeug bezogen und ein Glas heißen Tees auf den Fenstertisch gestellt. „Sdravstvui maja dotschenka, sei gegrüßt, mein Töchterchen. Mach es dir bequem. Was? Dieses feine Konfekt soll für mich sein? Ich kann es kaum glauben. Woher? Von Jelissejew? Ah ja, habe ich schon gehört. Welch ein Luxus in meiner armseligen Kabine! Komm, sag deiner

---

[1] Lat.: Die Zeiten ändern sich und wir ändern uns in ihnen
[2] Russ.: Zugbegleiterin

Freundin ade. Ein hübsches Mädchen. Elena, der Name passt zu ihr. Gleich geht´s los. Es geht nach Hause."

Ade Moskau. Elena ade.

Flieg nicht zu hoch, Babotschka!

1990

Der Fall Masljonow
Wolgograd

Natascha und ihre Freundin Svetlana schlenderten durch die Einkaufsmeile von Wolgograd und schauten sich die Auslagen der Geschäfte an. „Luxus pur", entfuhr es Natascha, „für uns aber leider unerschwinglich mit unserem mickrigen Stipendium."

Natascha hatte sich schon oft den Kopf darüber zerbrochen, wie das leidige Geldproblem zu lösen wäre, war aber auf keine zündende Idee gekommen. Svetlana sah die finanzielle Situation ähnlich trostlos.

„Wir müssen eine Bank ausrauben", sagte Natascha scherzhaft, als sie auf dem Weg zum Wohnheim an der Sperbank vorbeikamen. „Oder hast du eine bessere Idee?"

Ja, Svetlana hatte. „Wir könnten gegen Honorar dolmetschen und übersetzen. Mit Übersetzungen Geld verdienen – das wäre viel kreativer und sicherlich auch einträglicher, als abends in dieser stickigen Bierbar Gläser spülen." Mit diesem Hilfsjob hatten sie letztes Jahr ihr Stipendium aufgebessert, aber damit kaum das Fahrgeld zur Bierbar verdient.

Während Natascha in den nächsten Tagen noch über Svetlanas Vorschlag nachdachte, das Für und Wider erwog, war Svetlana kurz entschlossen zur Tat geschritten. Sie ernannte die Küche ihrer Eltern (dort stand das Telefon) zum Übersetzungsbüro und befestigte an der Küchentür ein Schild mit dem Firmennamen, den sie sich selbst ausgedacht hatte: SVETPEREVOD. Forsch schaltete sie Anzeigen in der lokalen Presse: Das Übersetzungsbüro SVETPEREVOD übernimmt Übersetzungen jeglicher Art aus dem Deutschen oder

Englischen ins Russische und umgekehrt. Schnell, zuverlässig und zu moderaten Preisen.

Als sie beim Dekan der Sprach-Fakultät ihrer Uni um Erlaubnis für ihren Nebenjob nachsuchten, stand der der Sache nicht nur wohlwollend gegenüber, sondern hatte auch gleich ein Vorschlag: „Mein Freund, der Genosse Masljonow, der Vorsitzende des Rates der Fakultät, hat seine Memoiren geschrieben – ein dicker Wälzer voller politischer und persönlicher Erinnerungen und Erfahrungen – die er gern ins Deutsche übersetzt hätte. Er besucht mich morgen hier in meinem Büro, und wenn Sie dazu kommen, könnten Sie die Angelegenheit mit ihm besprechen."

Natascha und Svetlana bedankten sich und konnten ihre Freude kaum unterdrücken. Der erste Schritt war getan, SVETPEREVOD lernte laufen.

***

„Mein Leben und Wirken interessiert sicherlich viele Leute in Deutschland." Genosse Masljonow, ein Funktionär der lokalen Administration, reckte sich aus dem schweren Ledersessel im Büro des Dekans empor. „Es ist von allgemeinem Interesse, meine Memoiren ins Deutsche zu übersetzen." Er steckte sich eine Zigarette an und blies den Rauch gegen die Decke. Dabei spuckte er immer wieder Tabakkrümel aus, weil er filterlose Zigaretten rauchte. Der Dekan lächelte Natascha und Svetlana, die in Habachtstellung vor dem Schreibtisch standen, aufmunternd zu. Er gefiel sich darin, SVETPEREVOD zu protegieren. Diese beiden Mädchen, nicht nur jung und hübsch, sondern auch geschäftstüchtig, hatten in dem alten Mann ein kleines Feuerchen entzündet.

40

„Das glauben wir auch“, sagte Svetlana an Masljonow gewandt, obwohl sie weder von seinem Leben, noch von seinem Wirken die geringste Ahnung hatte, dafür aber beträchtliche Zweifel, dass sich in Deutschland auch nur ein Mensch dafür interessieren könnte. Doch aller Anfang ist schwer, und wenn SVETPEREVOD überhaupt in die Gänge kommen wollte, dann mussten sie diesen ersten Auftrag von dem ansonsten unsympathischen Masljonow annehmen. Geschäft ist Geschäft. „Okay, wir könnten nächste Woche mit der Übersetzung beginnen?“ In Gedanken buchte sie schon das Honorar auf das Konto von SVETPEREVOD. Und vielleicht kann dieser Genosse Masljonow ja auch anderweitig nützlich sein, schließlich haben die alten Apparatschiki ihre weitläufigen Netzwerke, die man nutzen könnte. „Ihre Ansprechpartnerin bei SVETPEREVOD ist Natascha Smirnowa.“ Sie schaute Natascha an. Die nickte.

Masljonow steckte sich die nächste Zigarette an und versank mit einem zufriedenen Lächeln wieder in seinem Sessel.

***

Natascha rauschte im Lift nach oben. Als sich die Lifttür in der vierzehnten Etage öffnete, glaubte sie, am falschen Ort zu sein. Dies soll ein Wohnhaus sein? Der Hausflur empfing sie wie eine Art Festsaal, mit Stuck an Decke und Wänden und verschnörkelten Lampen, die den hellgrauen Stein des Bodens und die ockerfarbenen Wände in warmes Licht tauchten. Noch nie hatte sie solch ein prächtiges Treppenhaus gesehen. In den Häusern, die sie kannte, waren die Wände mit Graffitis verschmiert, und es roch nach Sauerkraut und Katzenpisse. Dieses Haus hier roch nach oberer

41

Nomenklatura, nach Machtbewusstsein, das stets mit einem Drang nach Repräsentation einhergeht.

Namen standen nicht an den Wohnungstüren. Masljonow hatte wissen lassen, er sei Nummer 4. Natascha drückte auf den Messingknopf, in dessen polierte Oberfläche die 4 eingraviert war. Hinter der Tür begann ein Gerassel und Gedröhne, als würde eine Zugbrücke herabgelassen. Nach einer Weile fragte eine Stimme von innen, wer da sei und was er wolle. Natascha gab sich als Übersetzerin zu erkennen und wurde ohne weitere Prüfungen eingelassen.

„Ich begrüße das Fräulein Übersetzerin." Über den Brillenrand hinweg musterte Masljonow Natascha und verzog sein vernarbtes Gesicht zu einem breiten Lächeln. „Unsere junge Intelligenz glänzt nicht nur mit Wissen, sondern auch mit Schönheit." Er strich sich mit der Handfläche über die kahlen Schläfen, wölbte die Brust vor und zog den Bauch ein. Seine offensichtlich schwarzgefärbten Haare glänzten fettig. „Es freut mich, dass wir einige Zeit eng, ja sogar sehr eng miteinander arbeiten werden." Bei dem Wort *eng* ging er einen Schritt auf Natascha zu und bei *sehr eng* stand er fast auf Tuchfühlung zu ihr, nahm ihre Hand und versuchte sich mit einem Handkuss, wobei er mit seinen feuchten Lippen ihre Hand berührte. Das wirkte so komisch und unangemessen, dass Natascha beinahe laut losgelacht hätte. Glücklicherweise verzichtete Masljonow darauf, ihre andere Hand auch noch mit seinem Speichel zu benetzen. Mit einer ausladenden Armbewegung bat er sie in sein Arbeitszimmer, sein Rabinett[1], wie er es nannte.

Er nahm aus dem Bücherschrank einen Stapel Papiere und setzte sich auf ein rotes Plüschsofa, das mit zwei Sesseln und

---

[1] Russ.: Abkürzung von „Rabotschij Kabinett" = Arbeitszimmer

einem Rauchtisch eine kleine Sitzgruppe im vorderen Teil des Raumes bildete. Die polierte Platte des Schreibtischs vor dem Fenster reflektierte das einfallende Sonnenlicht und warf es an die holzgetäfelte Decke. Natascha schaute sich um. So also wohnt man als Parteifunktionär, dicker Teppich und Möbel aus massivem Holz, seidene Vorhänge vor den Fenstern und kein Stäubchen – nirgendwo. Masljonow deutete auf die ordenbehangenen Männer, die aus vergoldeten Rahmen von der Wand blickten. „Meine Freunde und Förderer" sagte er stolz. „Alles verdienstvolle Genossen, ausgezeichnet mit den höchsten Orden. Meine eigenen Orden trage ich zuhause nicht."

Vom Rauchtisch vor dem Sofa nahm Masljonow ein Etui und steckte sich eine Zigarette an. Natascha, die noch immer in der Tür stand, bat er, in dem Plüschsessel gegenüber dem Sofa Platz zu nehmen.

„Ja, dann wollen wir mal", genüsslich zog er an der Zigarette zwischen seinem gelblichen Mittel- und Zeigefinger und blies den Rauch in Nataschas Richtung. „Diesen Seiten hier", er legte fast liebevoll die Hand auf den Papierstapel, „diesen Seiten habe ich im Laufe der letzten Jahre meine Erinnerungen anvertraut. Dabei habe ich all die Jahre, in denen ich wichtige Ämter begleitete, noch einmal durchlebt, Freud und Leid, Niederlagen und Siege, beides oft dicht beieinander." Dabei schaute er auf die Portraits seiner goldgerahmten Genossen, sog den Rauch der Zigarette ein und stieß ihn mit einem Seufzer durch die gelben Zähne wieder aus. Natascha rang nach Luft.

„Nehmen Sie jetzt dieses Manuskript, studieren Sie es, von der ersten bis zur letzten Seite, und versuchen Sie, hinter den Sinn des Ganzen zu kommen. Dann werden wir das Weitere besprechen." Masljonow erhob sich, raffte die Blätter zusammen, reichte sie Natascha und begleitete sie in den Flur. Durch die beiden dutzendfach gesicherten Türen verließ Natascha schnell die Wohnung, ohne Masljonow Gelegenheit für eine weitere Abschmatz-Orgie zu geben.

Während der nächsten Tage las Natascha das Manuskript von vorn bis hinten durch. Aber wie sehr sie sich auch bemühte, der Sinn, von dem Masljonow gesprochen hatte, blieb ihr verborgen. Svetlana wusste wie immer Rat: „Übersetze einfach Satz für Satz. Was im Russischen keinen Sinn hat, kann natürlich im Deutschen auch keinen Sinn ergeben. Hauptsache, er zahlt das Honorar. Das richtet sich schließlich nicht nach Sinn oder Unsinn, sondern nach der Anzahl der Wörter.

***

„Sie machen erfreuliche Fortschritte." Masljonow hielt die Seiten mit der Übersetzung der ersten vier Kapitel hoch, die Natascha ihm bei ihrem nächsten Besuch vorlegte.

Natascha hätte gern auf jegliches Kompliment von diesem Herrn verzichtet. Wie ein Foto in der Entwicklerschale, nahm dieser Genosse Masljonow bereits in den ersten Kapiteln seiner Erinnerungen langsam Konturen an. Sympathischer wurde er dabei nicht. Nach oben buckeln und nach unten treten, immer darauf bedacht, nur nicht bei der Obrigkeit anzuecken.

Masljonow zog seinen ohnehin breiten Mund noch breiter: „Ja, wirklich, sehr erfreulich, sehr erfreulich." Obwohl er kein Wort der deutschen Übersetzung verstand, lobte er Nataschas Arbeit und versuchte ihr zu schmeicheln. Er legte seine Hand auf ihre Schulter und tätschelte ihren Rücken. Im Rabinett war es an diesem Tag besonders schwül. Die Fenstervorhänge waren zugezogen. Masljonow wanderte durchs Zimmer und setzte sich schließlich auf das rote Sofa. „Kommen Sie, setzen Sie sich zu mir! Wir nehmen uns die letzten Seiten noch mal vor." Masljonow hielt die Blätter so, dass Natascha eng an ihn heranrücken musste. „Hier geht es um meine Rolle in der Jugendbewegung." Auf der Sofalehne wanderte seine rechte Hand zu Nataschas Schulter. „Auf diese Rolle lege ich besonderen Wert." Er rückte noch näher heran und atmete schwer. „Das ist einer der Schwerpunkte meiner Arbeit." Natascha spürte, wie er seine Schenkel an die ihren presste, der rote Samt unter ihr begann zu glühen. Stumm schaute sie auf die Seite, auf der die Rolle Masljonows in der Jugendbewegung breitgetreten wurde. Nataschas fehlende Gegenwehr gegen seine plumpe Annäherung deutete Masljonow als Zustimmung. Er legte das Papier zur Seite und begann mit seinen gelben Raucherfingern an ihrer Bluse zu nesteln.

In diesem Moment erwachte Natascha aus ihrer Starre. Sie befreite sich aus Masljonows Umklammerung, rannte zur Tür und stürzte hinaus in den Flur. An der mehrfach gesicherten Wohnungstür holte Masljonow sie ein. Sein Gesicht war verzerrt, sein Mund zu zwei dünnen Linien erstarrt, die Brille hing an einem Bügel herab, seine Stirn glänzte. Natascha hätte bei der geringsten Berührung um Hilfe geschrien. Aber Masljonow berührte sie nicht. Er richtete seine Brille und seine Gesichtszüge, schob die Riegel der Tür zurück und ließ sie wortlos passieren.

Im Lift brachte Natascha ihre Kleidung in Ordnung und betrachtete im Spiegel ihr wutverzerrtes Gesicht. So ein Schwein, so ein verdammtes Schwein! Das also ist seine wirkliche Rolle in der Jugendbewegung. Unten angekommen schien sich ihre Wut noch zu steigern. Ein Arschloch mit

45

geilen Wurstfingern ist das. Sie trommelte mit den Fäusten an die Wand, rannte zum Ausgang und warf die Tür mit solcher Wucht ins Schloss, dass die über die ganze Fläche reichende Glasscheibe zu Bruch ging und laut krachend in tausend Scherben zu Boden fiel. Draußen auf der Straße machten die Leute erschreckt einen Bogen um den Scherbenhaufen. Der Milizionär, der gelangweilt an der Straßenecke gestanden hatte, griff dienstfertig zu seiner Trillerpfeife und eilte auf Natascha zu.

***

Das Büro des Dekans war stickig und von Zigarettenqualm geschwängert. Von draußen drückte der Straßenlärm gegen die geschlossenen Fenster. Die Vorhänge waren zugezogen, kein Lüftchen durchzog den Raum. Über Nataschas Stuhl, der frei im Raum stand, brannte ein dreiarmiger Leuchter, dessen Licht den übrigen Raum nur schwach erhellte. Natascha kam sich vor wie in einem Gerichtssaal. Die Anklage lautete: Mutwillige Beschädigung von Volkseigentum. Ihr gegenüber auf einem Stuhl saß der Ankläger, ein grimmig dreinschauender Beamter der Stadtverwaltung, neben ihm in seinem wuchtigen Sessel der Dekan und auf weiteren Stühlen in einer Reihe andere Funktionäre der Fakultät. Genosse Masljonow war nicht anwesend, aber sein Geist wabberte durch den Raum, und jeder der Anwesenden spürte das. Doch niemand wusste oder ahnte auch nur, welches Geschehen der hier zu verhandelnden Sache vorausgegangen war – in Masljonows Augen ein kleiner Fauxpas, der ihm widerfahren war. Dass diese Göre herumerzählen könnte, er habe sie irgendwie belästigt, brauchte er nicht zu fürchten. Kein Mensch würde ihr glauben. Nach seinem Verständnis

46

schafft man Peinlichkeiten aus der Welt, indem man die Unschuldigen bestraft. Falls man die Macht dazu hat. Und Masljonow hatte Macht. Seit Jahren hatte er in der lokalen Administration die Fäden gezogen und ein enges Netz geknüpft, in dessen Mitte er saß. Dazu gehörte auch, dass er als Vorsitzender des Fakultätsrates das Orchester des Universitätspersonals wie ein Dirigent lenkte.

Die Verhandlung war kurz, die Angeklagte geständig. Das Urteil, gesprochen vom Dekan, der den Eindruck erweckte, es tue ihm leid und er füge sich nur höheren Gewalten: Exmatrikulation.

Für Natascha die Höchststrafe.

***

Für Natascha begann eine Zeit voller Entbehrungen. Zum Glück versorgte Svetlana sie hin und wieder mit kleinen Übersetzungsaufträgen. Ansonsten hielt sie sich mit Nebenjobs über Wasser. Damit kam sie mehr schlecht als recht über die Runden, da sie ja auch noch in Raten den Schaden an der zerbrochenen Glasscheibe bezahlen musste.

Doch sie verlor die Hoffnung nicht, dass sich ihre Lage zum Besseren wenden werde, denn das ganze Land war im Umbruch. Seitdem Gorbatschow die Begriffe Perestroika und Glasnost zum Programm gemacht hatte, wehte ein neuer Wind aus Moskau, und für Natascha war ein Silberstreif am Horizont aufgetaucht. Sie beriet sich mit Svetlana, und die erbot sich, die Lage an der Fakultät zu sondieren. Vielleicht könnte ein Antrag Nataschas auf Wiederimmatrikulation Erfolg haben.

***

Tatsächlich wurde Natascha eine Woche später zum Dekan vorgeladen. Der runzelte die Stirn, als Natascha den Wunsch vorbrachte, ihr Studium fortzusetzen. „So, so, Sie wollen also wieder immatrikuliert werden, wieder zu uns gehören." Nachdenklich kratzte er sich an seinem kahlen Schädel. Wie soll er in diesem Fall verfahren, ohne etwas falsch zu machen? Jetzt, in diesen Zeiten des Umbruchs. Geht es an, dass jemand wegen Vergehens am Volkseigentum exmatrikuliert wird und dann so weitermachen kann, als wäre nichts gewesen? Nach seinem alten Rechtsverständnis – niemals. Aber was sagt sein modernisiertes Rechtsverständnis, das er früher anarchistisch genannt hätte? Er muss sich Rat holen. So eine komplizierte Sache kann er nicht allein entscheiden. Mit versöhnlicher Miene sagte er: „Ich werde Ihren Wunsch dem Rat der Fakultät unterbreiten. Vielleicht wendet sich ja alles zum Guten."

Drei Tage später tagte der Rat der Fakultät. Seine letzte Tagung, denn er war in Auflösung begriffen. Von ganz oben, aus Moskau, war die Anweisung gekommen, alle Mitglieder der Kommunistischen Partei seien aus dem Rat zu entfernen. Da blieb nur noch ein Mitglied übrig, Professor Komarov, der Lehrstuhlinhaber für deutsche Philologie. Und der unterschrieb kurzerhand Nataschas Gesuch und reichte es an die Fakultät zurück. Der Dekan war erfreut und überrascht zugleich. So reibungslos werden neuerdings Probleme aus der Welt geschafft. Allerdings knüpfte er eine Bedingung an Nataschas Wiederimmatrikulation: Sie musste versprechen, Masljonows Memoiren nochmal ganz von vorn ins Deutsche zu übersetzen. Masljonow habe angesichts der aktuellen Lage umfangreiche Anpassungen vorgenommen.

***

Masljonows Gesicht versuchte sich mit einem Lächeln; was herauskam war eine schräge Fratze. Triumphierend stand er im Flur seiner Wohnung vor Natascha, selbstzufrieden feixend, als hätte er eine Wette gewonnen. Vor lauter Schadenfreude lispelte er, seine Gesichtszüge vibrierten vor Erregung. „Nun können wir endlich unsere Arbeit fortsetzen. Nein, fortsetzen ist das falsche Wort. Neu beginnen. Ja, das trifft es: Wir werden mit allem neu beginnen, mit der Übersetzung meiner Memoiren und mit allem andern."

Was sollte das heißen: *mit allem anderen*? Natascha wäre am liebsten gleich wieder gegangen. Sein Anbiedern, seine Wurstfinger an ihrer Bluse tauchten wieder in ihrer Erinnerung auf. Aber es gelang ihr, sich zu überwinden.

Er dirigierte sie in sein Rabinett. „Setzen Sie sich dort auf das Sofa, ich bin gleich zurück."

Natascha schaute sich um. Seit ihrem letzten Besuch hatte sich nichts verändert. Die Sessel, das Sofa, der kleine Rauchtisch und der massive Schreibtisch – alles stand noch am selben Platz. Dieselben Gesichter schauten sie von der Wand aus goldenen Rahmen an. Der Schreibtisch machte einen aufgeräumten Eindruck, ein Stapel Papiere lag fein geordnet in der Mitte. Natascha beugte sich hinüber und las das Deckblatt: „Studie zur Jugendarbeit im Gebiet Wolgograd – von J. R. Masljonow".

Masljonow kam ohne jegliche Unterlagen herein und setzte sich neben Natascha. „Soso, du hast also bei meinem Freund, dem Dekan, deine Wiederimmatrikulation beantragt." Plötzlich war er vom Sie zum Du übergegangen. Als wären sie enge Vertraute rückte er nah an Natascha heran und flüsterte ihr ins Ohr: „Das ließe sich machen, vorausgesetzt, du zeigst dich nicht widerborstig sondern bist ein liebes Mädchen."

Weiter kam er nicht. Natascha sprang vom Sofa auf und ging zum Schreibtisch, als wäre der ein Schutz gegen Masljonows Zudringlichkeiten. Durch einen Schlitz in den Fenstervorhängen sah sie den gegenüberliegenden Häuserblock. Eine junge Frau mit Baby auf dem Arm stand auf dem Balkon und winkte jemandem auf der Straße zu. Die Bäume auf der Allee Gerojev hatten schon ihr herbstliches Kostüm angelegt, auf den Fahrbahnen flutete der übliche Verkehr. Masljonow hatte es nicht eilig. Langsam erhob er sich und folgte Natascha zum Schreibtisch. Als er nahe hinter ihr war, zischelte er: „Hast du noch immer nicht begriffen? Es liegt an mir, ob du weiter studieren darfst oder nicht. Ich kann dich zurückweisen oder gewähren lassen, genauso, wie du mich zurückweisen oder gewähren lassen kannst." Während Natascha noch über den Sinn dieser Worte nachdachte, drückte er plötzlich ihren Oberkörper brutal auf den Schreibtisch, griff unter ihren Rock, riss den Slip herunter und öffnete seine Hose. Ehe Natascha begriff, was geschah, drang er in sie ein. Sie war unfähig, sich zu wehren. Sie spürte nur noch Hass, Hass und Ekel. Seine Ausdünstungen lasteten wie eine stinkende Wolke auf ihr. Ihre Oberschenkel krachten im Rhythmus seiner Stöße an den Rand der Schreibtischplatte. Direkt vor ihren Augen auf dem obersten Blatt des Papierstapels: „Studie zur Jugendarbeit im Gebiet Wolgograd". Masljonows Atem wurde schneller und seine Bewegungen hektischer. Stoßartig presste er unartikulierte Kehllaute durch die gelben Zähne, uch, uch, uch,… ein Rhythmus des Grauens. Physische Anstrengung war er nicht gewöhnt. Die eine Hand in Nataschas Haaren verkrallt, klammerte er sich mit der anderen an die Schreibtischplatte. Mechanisch, wie im Unterbewusstsein, las Natascha immer wieder: Studie zur Jugendarbeit, Studie zur Jugendarbeit. Jugendarbeit. Jugendarbeit … Uch, uch, uch – Masljonows Stöhnen durchbohrte die dicke Luft. Durch die Fortotschka[1] drang der Lärm der Straße herauf. Autos hupten um die Wette, ein Polizeiauto sirente sich den Weg durch die Allee Gerojev. Warum geht die Welt einfach weiter? Warum steigt kein Schrei zum Himmel?

Endlich ließ Masljonow von ihr ab. Er war an die Grenze seiner physischen Belastung gekommen, ohne Erleichterung gefunden zu haben. Mit heruntergelassener Hose sackte er aufs Sofa, eine Karikatur seiner selbst. Er sagte kein Wort, versuchte, seine Atmung unter Kontrolle zu bringen. Durch seinen Kehlkopf rasselte die Luft und auf der Stirn glänzte der Schweiß. Sein Hemd klebte wie ein Schwimmdress auf der Brust.

Natascha war noch immer wie gelähmt. Über ihre Lippen kam ein leises Lallen: „Jugendarbeit, Jugendarbeit, …" Ihre Augen streiften die Bildergalerie an der Wand. *Was glotzt ihr so blöd, statt mir zu helfen?* Instinktiv zog sie ihren Slip an, griff nach ihrer Tasche und tastete sich zur Tür.

Masljonow folgte ihr nicht, er war mit sich selbst beschäftigt.

Es gelang Natascha, die Schlösser der Wohnungstür zu öffnen und den Fahrstuhl zu erreichen. Auf der Fahrt nach unten kehrten langsam ihre Sinne zurück und sie begriff, was geschehen war. Als sie ins Freie trat, sagte sie laut: „Dieses Haus werde ich nie wieder betreten. Das wird er mir büßen." Eine Frau, mit Einkaufstaschen schwer beladen, schaute sich verwundert um und schüttelte den Kopf.

---

[1] Russ.: kleine Fensteröffnung

***

Wieder befand sich Natascha, jetzt als Zeugin, in einem Gerichtssaal; diesmal in einem echten, was man schon daran erkannte, dass der Beschuldigte einen Verteidiger hatte. Masljonow, geschmückt mit all seinen Orden, konnte es noch immer nicht fassen, dass man es gewagt hatte, ihn wegen dieser Göre auf die Anklagebank zu zerren. Wohl war es ihm nicht entgangen, dass sein fein gesponnenes Netz brüchig geworden war; die Schaltstellen, auf die er sich hatte immer verlassen können, waren leer, oder von Leuten besetzt, die sich einen Teufel drum scherten, wie viele Orden an Masljonows Brust prangten. Glasnost und Perestroika waren wie ein Sturm über das Land gekommen, ein Sturm, der die alten Netze zum Zerreißen gebracht hatte. Der Wind, den er immer im Rücken gespürt hatte, kam jetzt von vorn. Die meisten seiner Genossen, die ihm manche Gefälligkeit zu verdanken hatten, waren von einer Art Gedächtnisschwund befallen, bestenfalls schwiegen sie.

Die Sachlage war klar, zwei Gutachter und der Gynäkologe, den Natascha gleich nach Masljonows Attacke konsultiert hatte, bestätigten Nataschas Schilderung des Geschehens. Der Beschuldigte hatte nicht widersprochen, aber versucht, das Ganze als Bagatelle oder Ausrutscher herunterzuspielen.

Das Urteil: Zwei Jahre ohne Bewährung und Verlust der Parteiwohnung an der Allee Gerojev. Zum ersten Mal in seinem Leben versagte Masljonow die Stimme. Er japste nach Luft und fuchtelte mit den Armen. Das einzige, was er herausbrachte war: „Und meine Verdienste?"

Der Richter hörte gar nicht zu, schloss die Akte und erhob sich. Der Fall Masljonow war erledigt.

1991

Brunos Beichte
Teneriffa

Von San Andrés aus geht es steil bergauf. Mein kleiner
Opel Corsa, den ich mir in Puerto de la Cruz gemietet hatte,
schnauft und klingt kränklich, als wolle er bemitleidet werden. Aber er schafft es. Auf der Höhe angekommen gibt es
einen kleinen Parkplatz mit atemberaubender Aussicht über
den ganzen östlichen Küstenstreifen. Zu Füßen liegt der gel-
be Steifen der Playa de las Teresitas. Ein Strand mit Sand,
der aus Afrika herüber geholt worden war, und mit Palmen,
die den Sonnenflüchtigen als Schattenspender dienen. Jetzt
ist der Strand menschenleer. Das Wetter meint es nicht gut
mit Las Teresitas, dunkle Wolken hängen über der Bucht und
ein heftiger Wind weht von Osten. Kein Wetter für Strandha-
sen.

Am späten Morgen war ich von Puerto aus losgefahren.
Im Norden von Teneriffa hatte sich ein Gemisch von dunklen Wolken und Regenschleiern über dem Meer zusammen-
gebraut. Das ist nicht außergewöhnlich. Außergewöhnlich
ist, dass das Wetter im Süden der Insel dasselbe graue Gesicht zeigt. Normalerweise scheint hier die Sonne, auch wenn
der Wind Regenschauer über die Nordseite treibt. Also ließ
ich Las Teresitas gleich rechts liegen und bog auf die hohe
Küstenstraße ein, die von San Andrés nach Igueste führt.
Vielleicht schlägt nachmittags das Wetter um, dann könnte
ich schnell die paar Kilometer nach Las Teresitas zurückfahren, Strandhase spielen und mir in einer der Strandbars einen
kühlen Drink genehmigen.

In Igueste ist die Straße zu Ende. Weiter nach Osten kann nur vordringen, wer gut zu Fuß ist. Ich stelle das Auto im Ort ab und schlendere durch die kleinen Gassen, treppauf, treppab, immer entlang des grünen Barrancos in Richtung Meer. Hier trifft man nur selten Touristen. Eigentlich gibt es hier nichts Besonderes zu sehen, nur die Ursprünglichkeit der Insel, was ja eigentlich *die* Besonderheit ist. Auch jetzt sehe ich kaum einen Menschen; die Einheimischen haben sich bei diesem Wetter in ihre Häuser verzogen. Am Ende des Barrancos verengt sich der Weg zu einem schmalen Pfad, der am Meer endet. Häuser gibt es hier nicht mehr, nur noch einige kleine Hütten, versteckt im üppigen Grün. Die Wellen schlagen an eine natürliche Begrenzung aus schwarzem Sand und Vulkangestein. In westliche Richtung kann ich noch ein Stück durch Wiesen und über Geröll gehen, dann bleibe ich stehen und schaue hinaus aufs Meer, das sich wie ein gewaltiger Berg vor mir auftürmt. Wieso macht die eigentlich ebene Fläche den Eindruck, als würde sie vor mir ansteigen? Die Kugelform der Erde ist es, die den Blick über die Endlosigkeit des Meeres ins Leere laufen lässt. Wenn die Erde eine Scheibe wäre, könnte man bei guter Sicht von hier aus Afrika sehen. Nur das Atlasgebirge würde den Blick auf die Sahara verstellen.

In einiger Entfernung von mir sitzt ein einsamer Angler auf der Kuppe eines Felsens, der halb ins Meer ragt. Aus seiner Pfeife steigt Rauch, der sich in meine Richtung hin verwirbelt. Der Mann sitzt völlig regungslos, wie erstarrt. Seinen Hut aus Schilfgras hat er tief ins Gesicht gezogen, die abgeschabte Lederjacke bis ganz oben geschlossen. Offenbar hat er heute kein Anglerglück. Er hat nicht mal einen Eimer dabei, in dem er einen Fang, wenn es den gäbe, sammeln könnte. Plötzlich bewegt er den Arm, der die Angel hält, ruckartig nach oben, hilft mit der anderen Hand nach. Er zieht heftig an der Leine. Eine Kurbel hat die Angel nicht. Mit einem gekonnten Schwung lässt er den Fisch, der am Haken zappelt, auf dem Felsen vor seinen Füßen landen. Ein ziemlich großes Exemplar, soweit ich das von hier aus beurteilen kann. Er greift den Fisch und schlägt ihn mehrmals auf den Felsen. Aus war's mit dem Fischleben. Reglos liegt der Fisch in der Hand des Mannes, der ihn jetzt in die kleine Hütte bringt, deren Dach gerade noch aus dem hohen Gras am Ufer herauslugt. Dann nimmt er wieder die Position auf dem Felsen ein. Regungslos schaut er wieder aufs Meer hinaus, als gäbe es dort außer Wasser noch etwas anderes zu entdecken.

Ich strecke die Nase in die Höhe und prüfe, ob sich irgendwo blaue Lücken am Himmel zeigen und in welche Richtung die Wolken ziehen. Noch keine Besserung in Sicht. Nach Teresitas und Bikini-Mädchen sieht das heute nicht aus. Ich krame meine Pfeife und den Tabak hervor und überlege, wie ich mit dem Alten auf dem Felsen ins Gespräch kommen könnte. Angler lassen sich ungern stören. Aber wenn ich ihn um Feuer bitte …? Langsam gehe ich in Richtung des Felsens. Als ich fast hinter dem Mann stehe, dreht er sich um. Ein vom Wetter gebräuntes und gekerbtes Gesicht blickt mich an. Nicht freundlich, aber auch nicht feindlich, eher fragend: Was willst du hier, am Ende der Welt? Ich brauche niemanden, und niemand braucht mich. Dabei hebt er seinen Kopf nur soweit, dass seine Augen unter der Hutkrempe hervorlugen, um mich von oben bis unten zu taxieren. Für die Frage, ob er Feuer habe, reicht mein Spanisch nicht. Ich zeige auf meine Pfeife und mache ihm mit Handbewegungen verständlich, dass ich Feuer brauche.

„Deutscher, was?" Seine Frage, aufs Meer hinausgesprochen, klingt beiläufig, als würde es ihn nicht wirklich interessieren. Er reicht mir eine Schachtel Streichhölzer. „Mach sie nicht alle", sagt er noch, „es ist meine letzte Schachtel." Ich drehe mich mit dem Rücken zum Wind und versuche im Schutz meiner Jacke die Pfeife in Gang zu setzen. Erst beim dritten Versuch gelingt mir das. Genügend Zeit zum Nachdenken. Wie kommt dieser Mann, offenbar ein Deutscher, dazu, hier an diesem verlassenen Flecken auf einem Felsen zu sitzen, Rauch in den kanarischen Himmel zu blasen und auf Fische zu warten? In solch einer verschlissenen Jacke und mit einem Hut, der kaum noch diese Bezeichnung verdient.

„Ja", antworte ich, „Deutscher." Mehr wollte er offenbar nicht wissen. Er konzentriert sich wieder auf seine Angel und einen Fernpunkt im Meer, nachdem er die Streichhölzer sorgsam in der Jacke verstaut hat. Unschlüssig stehe ich neben ihm. Sollte ich noch etwas sagen? Darf ich etwas sagen? Vielleicht ist er extra hierher gefahren, um seine Ruhe zu haben. Aber wenn er nicht von hier ist, wieso bringt er dann seinen Fang in die Hütte. Vom Felsen aus kann ich die Hütte besser sehen. Eine kümmerliche Kate, aber so ärmlich sie ist, sie sieht bewohnt aus. Auf einem Fensterbrett steht sogar ein Konservenglas mit Blumen. Das Dach ist ein einziger Flickenteppich, wieder und wieder repariert mit Blechstücken verschiedenster Farbe, die mit großen Vulkansteinbrocken beschwert sind. Vor dem Haus – eine große Holzkiste, die offenbar als Tisch dient. Davor etwas aus Holz, das man als Bank deuten könnte. Alles ziemlich schäbig, aber von einer sauberen Schäbigkeit. Das Durcheinander macht dennoch einen aufgeräumten Eindruck.

„Setz dich", sagt er mit seiner knarrenden Stimme, die so klingt, wie seine Lederjacke aussieht: Rau und rissig.

War das der Anfang einer Unterhaltung?

Nein, es war wohl schon das Ende. Er schweigt wieder und schaut wie gebannt auf die Stelle im Meer, wo seine Angelschnur ins Wasser taucht. Geschwätzigkeit kann man ihm wirklich nicht nachsagen. Er mag wohl Anfang Siebzig sein. Obwohl – das kann täuschen. Wer oft Sonne, Wind und Wetter ausgesetzt ist, den schätzt man meist älter, als seine Jahre zählen. Äußerlich um die siebzig! Seine Augen aber sind jünger, bedeutend jünger. Wir sitzen nebeneinander schweigend auf dem Felsen und tuen nichts, als in die endlose Weite des Meeres zu schauen. Wo das Meer in Land übergeht überschlagen sich die Wellen und bilden weiße Schaumkronen. Myriaden von kleinen Tröpfchen werden in die Luft geschleudert, ihr salziger Duft dringt bis zu uns herauf. Der Alte redet kein Wort. Wahrscheinlich ist der beste Beitrag, den ich zu unserer Verständigung beitragen kann, ebenfalls zu schweigen. So schweigen wir uns an, bis der nächste Fisch anbeißt. Der Alte springt auf und reißt an der Angel. Er ruft mir im Befehlston zu: „Halt fest", und reicht mir die Angel. Selbst greift er nach der Schnur, schlingt sie zweimal um die Hand und versucht so, den Fang heranzuziehen. Nach kurzer Zeit liegt ein Prachtexemplar von Fisch vor unseren Füßen. Ein kräftiger Bursche, aber gegen zwei Männer hatte er keine Chance. Der Alte packt den Fisch, nachdem er ihn, wie den anderen vorher, auf den Felsen schlagend den Rest gegeben hat, und geht in Richtung Hütte. Er dreht sich nochmal um: „Kannst du Fische putzen?" Ich antworte sofort: „Ja", obwohl ich keine Ahnung habe, ob ich das kann. Mit meinen fast sechzig Jahren habe ich noch nie

Fische geputzt; ich kaufe sie halt in Supermarkt, fertig zum Braten.

Wir gehen zur Hütte. Er legt die beiden Fische auf die Holzkiste, öffnet sie fachmännisch mit einem scharfen Messer und entfernt die Innereien. Die schneidet er in kleine Stücke und wirft sie so in die Luft, dass die bereits wartenden Möwen sie im Vorbeiflug schnappen können. Anschließend reicht er mir wortlos das Messer. Jetzt soll ich wohl die Schuppen entfernen. Der Alte merkt natürlich sofort, dass ich überfordert bin. *Zu nichts zu gebrauchen, diese Zivilisationsverwöhnten.* Er nimmt den Fisch und das Messer und zeigt mir wortlos, wie's geht. Blitzartig hat er die eine Seite des Fisches entschuppt. Selber stumm wie ein Fisch. Ich mache mich an die andere Seite und an die Flossen. Es dauerte viel länger als bei dem Alten, aber das Ergebnis ist akzeptabel. Den zweiten Fisch schaffe ich im Alleingang. Der Alte hat inzwischen ein paar Holzscheite übereinander gelegt und ein Feuer entzündet. Dann paniert er die Fische mit einer eigenartigen Mischung einer scharf riechender Sauce und eines gelblichen Pulvers und legt sie auf ein altes Eisengitter über die Glut.

Die Wolken haben sich etwas aufgelockert. Hin und wieder kann ein Sonnenstrahl durch die Lücken blinzeln. Die Möwen fliegen hin und her, in der Hoffnung noch irgendwas zu erhaschen. Jetzt wäre es an der Zeit, sich vorzustellen. Ich setze mehrmals dazu an. Dann wage ich es doch nicht, das Schweigen zu brechen. Nach einer Weile sagt er: „Komm!" Wir gehen an die Seite der Hütte und waschen uns die Hände mit Wasser aus einem Kanister. Dann sitzen wir wieder am Feuer. Er wendet hin und wieder die Fische auf dem Rost. Zu hören ist nur das Rauschen des Meeres und das Knistern des Feuers. Plötzlich sagt er: „Bruno." Ich warte einen Mo-

ment, ob noch etwas kommt, und antworte dann: „Richard."
Schweigen.

Noch nie habe ich eine derart kurze Form des gegenseitigen Vorstellens erlebt. Normalerweise schiebt man zumindest das Wort „angenehm" nach. Aber wieso eigentlich? Weiß man denn, ob es tatsächlich angenehm ist, diesen Menschen kennen zu lernen? Aber „unangenehm" kann man auch nicht sagen, denn das weiß man auch nicht. Außerdem wäre es unhöflich. Warum also nicht wie der Alte die Miniform nehmen und auf alle Floskeln verzichten? Geschwätzigkeit ist eine Zivilisationskrankheit. Wenn man auf einem Empfang – oder wie man jetzt sagt bei einem Event – die Gespräche aufzeichnen würde und danach alles überflüssige Wortgeklingel löschte, würde man staunen, wie wenig übrig bleibt.

Bruno, Richard – jetzt wissen wir, wie wir heißen; wer wir sind, wissen wir noch lange nicht. Aber die Situation ist jetzt doch eine andere, Namen schaffen Vertrautheit.

Bruno hält mir eine Blechschachtel hin: „Willst du meinen Tabak probieren. Eigener Anbau." Ich stopfe meinen Kolben und nehme einige Züge. „Dass unfermentierter Tabak so gut schmecken kann, hätte ich nicht gedacht."

„Von wegen unfermentiert", sagt Bruno. „Natürlich fermentiere ich meinen Tabak. Aber frage nicht wie, das ist mein Geheimnis."

Wir rauchen Brunotabak. Der Rauch aus unseren Pfeifen mischt sich mit dem Rauch des Feuers. Wir schweigen eine Pfeife lang. Der Wind hat die Wolken vertrieben. Nur am Horizont driftet noch ein kleiner Wolkenhaufen nahe über dem Wasser. Die Sonne strahlt vom blauen Teneriffa-Himmel. Ich könnte zum Teresitas-Strand fahren. Sicherlich recken die Bikini-Mädchen schon ihre Popos in die Sonne.

Ich könnte, aber ich will nicht. Das liegt wohl nicht nur an den beiden Fischen, die jetzt schon lecker herüberduften.

Bruno hat zwei runde Holzbretter und Bestecks aus der Hütte geholt und ein sauberes Tischtuch auf die Kiste gelegt. Gekonnt nimmt er die Fische vom Grill und verteilt sie auf die beiden Bretter. „Drinnen steht eine Flasche Wein und Gläser", sagt er zu mir und schwenkt dabei den Kopf in Richtung der Hütte. Ich hole die Flasche und zwei Weingläser, Kristallgläser in Kelchform, mit achteckigem Stiel und eingeschliffenem Weintraubenmuster. Die Flasche ist nur noch halb voll. Bruno schenkt ein und trinkt. Das soll wohl heißen, ich darf auch trinken. Dann beginnen wir wortlos zu essen. Bruno spuckt die Gräten nicht einfach hinter sich, sondern sammelt sie fein säuberlich auf einem Stück Papier. Und gegessen wird mit Besteck, Fischbesteck! Die Esskultur passt nicht zum Umfeld, aber zu Bruno. Die kommt aus Bruno heraus, wahrscheinlich aus den Tiefen seiner Vergangenheit, in der offenbar ein sauberes Tischtuch und Fischbesteck die Regel waren. Während wir essen spricht er kein Wort. Schaut nur immer wieder in Richtung Meer, als suche er etwas, vielleicht schwelgt er in Erinnerungen. Ich konzentriere mich auf den Fisch. Ein gefährliches Unternehmen ist so ein Fischmahl, denn die Gräten sind spitz wie Nadeln und scharf wie Messer. Als wir den letzten Rest von unseren Brettern gekratzt haben, ist auch der Wein alle. „Kannst du ins Dorf gehen, zwei Flaschen Nachschub holen?", fragt er und reicht mir eine zerknüllte Banknote. Ich antworte: kein Problem, aber dein Geld lass mal stecken, der Nachschub geht auf meine Kosten." „Und bring' gleich Streichhölzer mit", ruft er mir noch hinterher.

Unterwegs überlege ich, ob ich mich, wenn ich schon mal im Ort bin, nicht einfach ins Auto setzen und nach Las Teresitas verschwinden sollte. Ich überlege aber nicht ernsthaft. Ich weiß, ich werde zurückgehen, zur Hütte und Brunos aufgeräumter Unordnung.

Als ich zurückkomme hat er schon die Kiste abgeräumt und den Grätenhaufen verschwinden lassen. Er prüft den mitgebrachten Wein und sagt: „Wasch' die Gläser! Das ist eine andere Sorte." Ich spüle die Gläser am Wasserkanister, entkorke eine Flasche und schenke ein. Jetzt haben wir wieder Zeit zum Schweigen. Wortlos stopfen wir den Brunotabak in unsere Pfeifen, Streichhölzer haben wir jetzt genügend.

Der Wind hat sich gelegt, es ist fast windstill. Bruno lässt Ringe aus der Pfeife steigen. Die vermengen sich mit dem Rauchgewölk aus meiner Pfeife. Am Horizont sieht man ein weißes Kreuzfahrtschiff vorbeiziehen. Es steuert auf Santa Cruz zu, befährt wahrscheinlich die westliche Mittelmeerroute mit einem Zipfelchen Atlantik.

„Was hat dich hierher ans Ende der Welt getrieben, bei diesem Wetter", fragt Bruno.

So viele Worte auf einmal hatte er bisher noch nicht gesprochen. Das könnte man ja fast schon redselig nennen. Ich erzähle, dass ich von der Nordseite der Insel komme und eigentlich zum Teresitas-Strand wollte. Aber das Wetter .... . „Ich bin nur für zwei Wochen hier auf der Insel und suche eher die stillen Ecken als den Touristentrubel."

„Ja, Teresitas", sagt Bruno. In seiner Stimme klingt Traurigkeit. Ich warte. Wenn er will, wird er weitererzählen. Er steckt seine Pfeife, die verloschen war, neu an. „Ja, Teresitas", wiederholt er und macht wieder eine Pause. Es ist, als müsse er jedes Wort tief aus seinem Inneren herausholen. „Dort, in der Nähe von San Andrés, hatte ich mal eine Finca, vor einigen Jahren, mit Blick auf Teresitas. Die Finca hatte ich schon, als ich noch in Deutschland wohnte." Er spricht ohne Eile, denn er weiß, niemand wird seinen Gedankenfluss unterbrechen. „Ich hatte in Köln eine kleine Firma. BRUTEC, vielleicht hast du mal davon gehört. Ich habe Spezialkabel für Fahrzeuge hergestellt, mit über fünfzig Mitarbeitern. Die Firma lief gut. Ich war Single und mir gehörte nicht nur die Firma, mir gehörte die ganze Welt. Glaubte ich. Ich hatte alle Freiheiten, die du dir denken kannst. Geld war kein Problem, Frauen auch nicht. Aber irgendetwas fehlte. Wenn ich bei verheirateten Bekannten war, schaute ich immer neidisch auf die vielen kleinen Fläschchen, Döschen, Flakons und Tuben auf den Boards in ihren Badezimmern. Besuche flüchtiger Bekanntschaften, wie ich sie hatte, bringen keine Atmosphäre ins Haus. Diese Atnosphäre fehlte bei mir.

Dann habe ich eine Frau kennengelernt, die bei mir im Büro als Hilfskraft anfing. Ramona, ein zwanzigjähriges hübsches Mädchen aus Rumänien. Ihr Deutsch klang einfach umwerfend, ein Deutsch, das nach dem Rauschen des Donaudeltas klang. Ich war damals Anfang Vierzig. Sie war ein Engel. Sie nahm mich auf ihre Flügel, und wir schwebten gemeinsam durch den Himmel. Nach fünf Monaten heirateten wir. Sie stellte ihre Fläschchen und Döschen in mein Badezimmer. Die Badewanne war groß genug für zwei, und das Bett breit wie eine Spielwiese. Das war im Frühling. Im Herbst sah man schon deutlich die Rundung ihres Bauches, in dem unser Sohn zu strampeln begann. Dass es ein Sohn würde, daran zweifelten wir keinen Moment. Und es wurde ein Sohn. Ramona wollte ihn unbedingt Romeo nennen. Ziemlich kitschig, dachte ich. Vielleicht kannte sie einen Romeo aus ihrer rumänischen Zeit, an den sie erinnert sein wollte. Romeo bekam das schönste Zimmer im Haus, mit

Blick zum Garten und einem halbrunden Erker. Dort stand die Wiege, vor der ich stundenlang stehen konnte, um das kleine knubblige Menschlein zu beobachten. Es gab nichts Schöneres, als in Romeos schlafendes Gesicht zu schauen. Romeo war ein Abbild seiner Mutter: schwarze Augen, schwarze Haare, ein schmaler Mund und ein kleines Knubbelkinn. Ein lebhaftes Kind und immer guter Laune."

Bruno klopft seine Pfeife aus. Er macht einen erschöpften Eindruck. So viel hat er wohl schon seit langem nicht mehr gesprochen. Es scheint mir, als habe er eine Last abgeladen, die er lange mit sich herumgetragen hat. Wir heben die Gläser und trinken uns wortlos zu. Ich schweige. Ich spüre, das war noch nicht das Ende der Geschichte. Wenn er will, wird er weiter erzählen. Seine Augen blicken mich an, als wollte er prüfen, ob ich auch der Richtige bin, der Richtige für seine Geschichte.

Er stopft sich eine neue Pfeife und fährt fort: „Dann kam die Krise. Autos verkauften sich schlecht. Spezialkabel wurden mehr und mehr durch Standardkabel oder Kabel aus China ersetzt. Ich musste Leute entlassen. Einen Teil der Produktion stellte ich auf Spezialschalter um. Das hieß natürlich investieren. Kredite aufnehmen. Kein Problem – ich hatte einen guten Ruf. Noch! Das mit den Schaltern war ein Flop. Ich hatte damit keine Erfahrung, und der Bedarf des Marktes war schon gedeckt. Das merkte ich allerdings zu spät. Meine Lager quollen über von ganz tollen Spezialkabeln und Schaltern, die keiner brauchte. Ich konnte die Kredite nicht mehr bedienen. Mit mir geschah das, was schon Abertausenden vor mir passiert war, es gab keine Rettung vor der Insolvenz. Unser Privathaus wurde als Letztes versteigert. Die vielen kleinen Fläschchen und Döschen aus unserem Badezimmer verschwanden in einem Umzugskarton; ich habe sie nie wieder gesehen. Die Umzugsleute räumten alles aus, was nicht niet- und nagelfest war. Ramona stand dabei wie abwesend, wie betäubt. Sie begriff nicht, was vor sich ging, verstand die Welt nicht mehr. Sie machte mir keine Vorwürfe, aber das Rauschen des Donaudeltas in ihrer Stimme war verstummt. Ihre vielen schönen Kleider wirkten wie ein Nachhall aus einer anderen Welt. Was sollte sie jetzt damit anfangen? Geschäftsessen, Empfänge? Das war eine Welt, zu der wir nicht mehr gehörten. Wir versuchten, uns in einer kleinen Mietwohnung einzurichten. Romeo schlief jetzt bei uns im Schlafzimmer. Vielleicht waren wir deshalb ständig unausgeschlafen und gereizt. Wir kämpften mit den kleinlichen Problemen des Alltags. So kleinlich wie der Alltag entwickelte sich nach und nach auch unser Verhältnis, kleinlich und hässlich. Kaum zu glauben, was dir für Worte passieren, wenn du erst mal auf dieser Stufe angelangt bist. Wir begannen uns gegenseitig alles übelzunehmen. Wir kämpften dagegen an, aber wir schafften es nicht. Vielleicht lag es an mir. Eines Tages nahm Ramona unseren Kleinen und verschwand ohne ein Wort der Erklärung. Womit hätte ich sie halten sollen? Das Einzige, was ich noch hatte, war meine Liebe zu ihr und dem Kleinen. Aber erklär mal einer Frau, dass du sie liebst, wenn du außer dieser Liebe nichts, aber auch gar nichts hast, was du ihr bieten kannst. Über die Liebe wird sie sich freuen, wenn sie dich auch liebt. Aber leben kann man davon nicht. Wenn eine Frau von Liebe spricht, dann meint sie meist auch Sicherheit. Ein Psychologe sagte mir, unsere Liebe sei nicht mehr belastbar. Weiß der Teufel, ob sie das jemals war. Uns ging es ja bis dahin immer gut."

Die Sonne ist hinter den Bergen verschwunden, das Meer liegt jetzt still wie ein silbernes Tablett vor uns. Hin und wieder gehen die Möwen in den Gleitflug über und tauchen mit dem Schnabel ins Wasser. Ein Flugzeug fliegt entlang der Küstenlinie Richtung Süden. Bruno schenkt sich ein Glas Wein ein, nippt aber nur daran. Kein Zweifel, er denkt an Ramona und den kleinen Jungen.

Mit stockenden Worten erzählt er weiter: „Ich konnte die Wohnung und dieses Leben nicht mehr ertragen, ich musste weg aus Köln, möglichst weit weg. Niemand, nicht das Finanzamt oder irgendeine andere deutsche Behörde, ja nicht mal Ramona, niemand wusste, dass ich hier auf Teneriffa eine kleine Finca besaß. Ich verkaufte den Rest meiner Habe, nahm das wenige Geld, das mir noch geblieben war, und floh. Ja, eine Flucht war es, obwohl ich nicht genau hätte sagen können, wovor ich floh. Auf meiner Finca begann ich mit einer Kakteenzucht. Ich hatte keinerlei Ahnung, weder von Kakteen, noch von Zucht. Es war die schiere Angst vor dem Nichtstun. Der Anfang war bescheiden und – ich mache es kurz – das Ende noch bescheidener. Kakteen züchten muss man im großen Stil, am besten auf duzenden Hektar. Dann die Pflanzen containerweise nach Europa und Amerika verschiffen, sich auf die Terrasse setzen, eine Zigarre anstecken und kassieren. Ich habe meine Kakteen in hübsche kleine Kartons verpackt und bin damit in die südlichen Touristenorte gefahren, Playa de las Americas, Los Cristianos … Verkauft habe ich fast nichts. Was soll auch ein Tourist mit einem stachligen Kaktus, den er irgendwie auch noch durch den Zoll bringen muss? Eine blödere Geschäftsidee wurde wohl nie geboren. Nichts ist lächerlicher, als ein Fachmann, der sich in dilettantischer Anwandlung aus seinem Fachgebiet entfernt.

Dann habe ich hier, am Ende der Welt, diese Hütte entdeckt. Sie gehörte einer alten Frau aus Igueste. Wir wurden schnell handelseinig. Ich verkaufte meine Finca, kaufte die Hütte, renovierte sie etwas, und von dem restlichen Geld lebe ich. Von dem Rest und vom Fischfang. Es ist erstaunlich, wie wenig der Mensch zum Leben braucht. Ab und zu fahre ich mit dem kleinen Kahn ein Stück aufs Meer hinaus und fische mit dem Netz. Das reicht dann für einen Monat. Die Fische trockne ich. Ein kleines Kartoffelfeld und etwas Gemüse habe ich hinter der Hütte. Spezialkabel und Schalter braucht man nicht zum Leben. Auch kein großes Haus mit zwölf Zimmern und goldenen Armaturen im Bad. Kein Auto und kein Telefon. Was mir fehlt, ist ein Board mit Fläschchen und Döschen. Einen Menschen braucht man zum Leben. Ja, wenigstens einen Menschen. Besser zwei. Das ist mein Problem."

Nachdenklich blicke ich ihn an. Er ist wohl am Ende seiner Geschichte. Er schaut hinaus auf die gekräuselte Fläche des Meeres. Am Horizont spannt sich noch ein goldener Streifen über dem Wasser. Der Druck ist von ihm abgefallen, er hatte sich einer Last entledigt. Umständlich stopft er sich eine neue Pfeife. Gemeinsam schicken wir die Rauchkringel in den kanarischen Himmel. Ich schweige. Ich spüre: Was ich jetzt auch sagen würde, es wäre falsch. Wir sitzen schweigend, wohl noch eine ganze Stunde.

Als ich mich verabschiede sagt er noch: „Wenn du irgendwann, irgendwo etwas von einer Ramona und ihrem Sohn Romeo hörst, gib mir bitte Bescheid. Mich kannst du nicht verfehlen, du findest mich immer hier. Wenn ich nicht hier bin, dann gibt es mich nicht mehr."

1995

Wider den Knorpelschwund
Komárom

Es war im Herbst des vergangenen Jahres. Mein linkes Kniegelenk war pfusch. Fortbewegung nur noch mit Schmerzen, Treppensteigen unerträglich bis unmöglich. Die Mediziner nennen's beim Namen: Arthrose, und fügen gleich dazu: praktisch unheilbar. Bei Privatpatienten klingt das „unheilbar" etwas weniger dramatisch: Im schlimmsten Falle könne man ein künstliches Gelenk in Erwägung ziehen. So ein Fall bin ich nicht. Noch nicht.

Der Arzt zeigte mit ausgestrecktem Finger auf mich und dozierte mit freundlicher Miene: „Sie haben natürlich noch eine einfache Möglichkeit, gegen das Problem anzukämpfen: Abnehmen! Jedes zusätzliche Kilo belastet die Gelenke, drückt den Restknorpel platt. Zehn Kilo weniger helfen schon."

Ich schaute ihn ungläubig an: „Und das soll einfach sein?" Ich hatte es schon mit der Umstellung meiner Ernährung versucht, aß zuhause fast nur noch vegetarisch und kam mir dabei vor wie ein Rind auf der Weide. Geschafft habe ich damit nicht mal ein Kilo. Das Angebot mittags in der Kantine konnte ich eh nicht beeinflussen.

Ich recherchierte im Internet. Dort werden duzende Methoden gegen den Knorpelschwund empfohlen: Von Gummibärchenessen bis Handauflegen oder meditieren. Irgendwo dazwischen liegt „Eintauchen in Thermalwasser". Davon hatte auch der Arzt gesprochen. Das thermalische Wässern der Gelenke soll Wunder wirken. Ob das stimmt? Jedenfalls ist es leichter zu realisieren als Abnehmen. In mir reifte der

Entschluss mein Knie mit Thermalwasser zu sanieren. Einen Versuch war es wert.

In meiner Jugendzeit bin ich oft nach Budapest gefahren. Budapest galt damals bei uns hinter der Mauer (oder: vor der Mauer?) als Paris des Ostens. Eihellige Meinung: dieses Paris muss man einfach erlebt haben. Da es wenig Aussicht gab, das richtige Paris jemals besuchen zu können (so kann man sich irren!), fuhr ich mehrmals mit dem Trabi nach Budapest-Paris. Dort gab es schon McDonalds, und Jeans mit dem (nachgemachten) Label *Levis*. Hübsche Mädchen gab es auch. Die fragten einen auf der Straße, ob man Westgeld habe. Wenn ja, dann … Wenn nicht, dann ... leider. Normalerweise hatte man nicht mal genügend Forint, um sich auf den zahlreichen Flohmärkten die tollen pseudowestlichen Sachen mit den nachgemachten Originaletiketten kaufen zu können. Und irgendwo Übernachten und etwas Futtern musste man ja auch. Und dann wollte man ja aus Paris auch etwas mitbringen für die Lieben daheim. Da musste man schon eine Art Überlebensstrategie entwickeln. Das kann sich nur vorstellen, wer's mitgemacht hat. Heute und hier würde man das asozial nennen.

Das ist lange her. Über dreißig Jahre, fast ein halbes Menschenleben. Geblieben sind die schönen Erinnerungen an Budapest. Die Bilder sind abgespeichert in der privaten Gehirnfotosammlung. Erinnerungen an die Jugendzeit sind fast immer schön, auch wenn die Zeit eigentlich nicht so toll war.

Auf der Fahrt von Dresden nach Budapest muss man die Donau überqueren. Ich erinnere mich an die lange Brücke, deren vier bogenförmige Stahlkonstruktionen sich von der Slowakei auf der einen Seite nach Ungarn auf der anderen Seite spannen. Die Brücke liegt in der seit 1920 geteilten

Stadt Komarno-Komárom, halb slowakisch, halb ungarisch. Die Festung der Stadt ist bekannt, weil sie sich einstmals der osmanischen Expansion widersetzte. Die Türken rannten wieder und wieder gegen die Stadt an, konnten sie aber nicht einnehmen. Dieses erfreuliche Schicksal teilt Komarno-Komárom mit Wien. Das scheint allerdings die einzige Gemeinsamkeit zu sein.

Außer der Festung, die man heute noch besichtigen kann, hat Komárom kaum etwas Sehenswertes zu bieten, aber dafür etwas sehr Nützliches: Thermalwasser. Das war mir schon bekannt, als ich noch mit dem Trabi die Brücke frequentierte. An Thermalbaden war damals natürlich nicht zu denken. Viel zu teuer! Das Wort „Spa" gab es noch nicht (man könnte auch heute gut darauf verzichten).

Nun kam mir dieses Thermalwasser wieder in den Sinn. Natürlich wusste ich nicht, wie viele Anionen und Kationen in dem Komárom-Wasser herumschwirren. Laut Internet sind es insgesamt 1265,55 mg/l Anionen und Kationen. Würde das genügen, meinen Knorpel zu sanieren? Außerdem heißt es auf der Internetseite von „Komáromi Gyogyfürdö" (so heißt das Thermalbad auf Ungarisch): „Das Heilwasser kann bei folgenden Erkrankungen effizient angewandt werden: Degenerative Wirbel- und Gelenkerkrankungen (Verkalkung, Arthrose, Hexenschuss, Sehnenscheidenentzündung, chronische Muskelbeschwerden, Tennisellenbogen)". Mein fränkischer Arzt sagte dazu: das Wasser passt scho'. Außerdem stand da noch im Internet: „Physische Eigenschaften: farblos, geruchlos, transparent mit geringem Bodensatz". Von diesen Behauptungen stimmt nur der „geringe Bodensatz". Das wusste ich allerdings noch nicht, als ich losfuhr.

Am Rand des ovalen Thermalwasserbeckens gab es eine Sitzstufe. Da saßen die Mitglieder der Arthrose-Leidensgemeinschaft reihum bis zur Brust in der trüben Brühe, jeder Sitzplatz ein Leiden. Obwohl die Gesichter von allerlei Wehwehchen zeugten, funktionierten die Sprechwerkzeuge tadellos. Davon hallte das weite Rund wider, und zwar multilingual. Es gab in dem gekachelten Oval keine Möglichkeit wegzuhören oder wegzuschauen. Den Löwenanteil dieser Leidensgemeinschaft bildeten Frauen, Frauen, weit jenseits des Alters, wo ein Badeanzug zum Hingucken einlädt, oder irgendwelche Wünsche aufkommen ließe. Was die Badebekleidung frei ließ, war fahle Haut, welkes Fleisch, egal, ob Mann oder Frau. Altern ist eigentlich eine Beleidigung, die der Körper dem Geist zufügt. Wehrlos muss man sich seinen Körper gefallen lassen.

Wenn man jung ist, möchte man gern zu einer Gruppe Gleichaltriger dazugehören. Man will dabei sein, einer von ihnen sein. Wenn alle lachen, will man mitlachen können, dazugehören. Junge Leute sind *einfach so* beisammen, Alte gründen höchstens einen Club. Alter erzeugt kein Zugehörigkeitsgefühl, eher ein Separationsbedürfnis. Die Versuchung ist groß, immer zwischen sich und den anderen Alten eine Distanz zu sehen. Ich gehör' nicht zu euch! Stimmt, ich bin auch alt, ja, aber nicht so alt wie ihr und außerdem anders alt.

Als ich mich im Becken umschaute, um einen freien Platz zu suchen, rückte eine nette ältere Dame mit einer gewaltigen, einen Blumenstrauß imitierenden Badekappe etwas zur Seite und lud mich mit freundlichem Lächeln zum Platznehmen ein. Sie sprach mich auch gleich in einem wohlklingenden Pustadeutsch an: „Willkommen im Bunde der Wasserleichen." Offenbar kannten sich fast alle der Anwesenden, zumindest vom Sehen, denn kreuz und quer durch das Oval war ein heftiger Disput im Gange. Das Wasser reichte mir bis zur Brust, das Sitzen war anstrengend. Ich musste aufrecht sitzen, konnte mich nicht sacken lassen, denn sonst hätte ich rechts oder links oder rechts und links meine Nachbarinnen berührt. Oh Gott, wie schön wäre es jetzt in dem Café gegenüber vom Thermalbad. Gestern Abend war ich dort und suchte mir einen schattigen Platz auf der Terrasse. An meinem Tisch saßen noch zwei junge Frauen, zwei Ungarinnen. Beide mit Riesendekolletés und kurzen Hotpants. Naja, an Berühren war da nicht zu denken, egal, ob man sich aufrecht hielt oder zusammengesackte.

Eine halbe Stunde saß ich schon eingeklemmt am Beckenrand. „Eine ganze Stunde sollst du aushalten", sagte die nette Blumenstraußbadekappenträgerin rechts von mir. Ich dachte: alles hat seinen Preis, ich muss mein Knie unbedingt sanieren. Dafür sitze ich schon mal eine Stunde in stinkender Brühe und höre mir dieses unverständliche Palaver an. Morgen nehme ich ein Buch mit zur Sitzung im Thermalbecken, damit kann ich mich von der Geräuschkulisse ablenken. Die Arme allerdings werde ich über Wasser halten müssen. Wird schon irgendwie gehen.

Endlich. Der Zeiger der großen schwarzen Uhr an der Stirnseite der Thermalhalle machte einen kleinen Ruck und stand auf der Zahl, die heute meine Lieblingszahl war. Ich darf raus. Schnell unter die Dusche, die Fleischbrühe abwaschen. Ein kurzer Weg führte vom Thermaltempel zum großen Fünfzigmeterschwimmbecken. Ich tauchte in das kühle Wasser ein und zog meine Bahnen.

Ich suchte Franz Lehár. Das ist der mit der „Lustigen Witwe". Er wurde vor über einhundertdreißig Jahren hier in dieser Stadt geboren. Da hieß Komárom noch Komorn, war keine geteilte Stadt und stand unter der Fuchtel des großen Franz in Wien. Der wiederum hörte auf seine Sissi und besiegelte den Ausgleich mit Ungarn. So wurde Franz Joseph I. Kaiser des Habsburgerreiches und gleichzeitig König von Ungarn. Das war dem kleinen Franz wahrscheinlich ziemlich wurscht. Er wollte sowieso nicht in diesem Nest Komorn bleiben, sondern in Wien Karriere machen.

Das wird verständlich, wenn man auf der Suche nach Lehárs Spuren durch die Tristesse von Komárom wandert. Ich konnte weder das Geburtshaus noch das angeblich existierende Lehár-Denkmal finden. Wenn sie existieren, dann sind sie gut versteckt. Aber auch, wenn man nach anderen Highlights sucht, tut man sich schwer. Nicht mal die Donau kann das Image retten; träge und lustlos fließt sie dahin, trägt schmutzige Lastkähne auf ihrem Buckel. Keine Spur von schöner, blauer Donau.

Also, seine Geburtsstadt kann Lehár nicht dazu inspiriert haben, womit er später Weltruhm erlangte.

Ich gab die Suche nach Lehár auf und steuerte „mein" Café am Thermalbad an. Die beiden Ungarinnen mit den Riesendekolletés und den knappen Höschen waren nicht anwesend, stattdessen sah ich die freundliche Dame, meine Nachbarin aus dem Thermalbecken. Sie trug einen Hut, der offensichtlich für die Badekappe Modell gestanden hatte. Sie saß allein am Tisch und auf meinen fragenden Blick hin nickte sie freundlich und sagte etwas auf Ungarisch, was wie „bitte sehr" klang. Ich stellte mich vor und sagte, woher ich komme. „Was machen Sie", fragte sie auf Deutsch, nachdem auch sie sich vorgestellt hatte (sie heißt Elisabeth, mit th).

„Ich mache Thermalkur", antwortete ich.

„Nein, ich meine, was sie für einen Beruf machen“, sagte sie lachend. Ein Lachen, wie man es sonst nur von jungen Frauen kennt, ein hohes, fast schon neckisches Lachen.

„Ich bin Physiker.“

„Nein, wirklich? Mein Mann war auch Physiker“, sagte sie mit ungarischem Akzent auf Deutsch (das etwas wienerisch klang). Sie sagte es so, als sei Physiker überhaupt der einzige akzeptable Beruf.

Die Erinnerungen begannen aus ihr herauszusprudeln. Ihr Mann sei wesentlich älter als sie gewesen und sei leider schon vor fünfundzwanzig Jahren gestorben. Kennengelernt haben sie sich in Kroatien. Da war sie einundzwanzig und er fünfundvierzig. Es sei Liebe auf den ersten Blick gewesen.

„Ich bin in einem kleinen kroatischen Dorf am Ufer der Save geboren und aufgewachsen. Dort lebte unsere Familie - ich hatte noch zwei Brüder - unter bescheidenen Bedingungen. Unser Haus war klein, wir hatten Strom, aber kein fließendes Wasser. Mein Vater und meine Brüder schleppten das Wasser immer vom Dorfbrunnen heran. Geld hatten wir nie, jedenfalls nie genug. Gelebt haben wir hauptsächlich von den Erträgen unseres Gartens. Nach der Schule studierte ich einige Semester deutsche Sprache an der Universität in Zagreb. Dann hatten meine Eltern kein Geld mehr, die Miete des Zimmers, das ich bei einer Witwe in einem Außenbezirk Zagrebs bewohnte, zu bezahlen. Aber die deutsche Sprache ließ mich nicht mehr los. Ich war deutschsüchtig geworden und kämpfte mich autodidaktisch durch die Tiefen und Höhen der deutschen Sprache. Las Thomas Mann und Goethe. ‚Wer immer strebend sich bemüht, den können wir erlösen‘, ja, das gefiel mir. In welcher anderen Sprache kann man einen Reim bilden wie: ‚Ohne Fleiß kein Preis‘? Ja, ich liebte, las und studierte diese Sprache.

Eines Tages stand ein Mann mit schmutzigen Händen und einem kaputten Auto vor unserem Haus. Er war auf dem Weg nach Zagreb, als sein Wagen plötzlich keinen Mucks mehr machte. Der Wagen widersetzte sich allen Wiederbelebungsversuchen des Mannes. Als es Abend wurde, kapitulierte er und fragte meinen Vater, ob er bei uns übernachten könne. Er war Ungar, und wurde mein Mann. Nicht in dieser Nacht! Aber später!"

Ihre Augen glänzten, wie man es von jungen Mädchen kennt, die von ihrem Freund oder ihrem Idol sprechen. Aber vor mir saß eine Frau, die den Zenit ihres Lebens bereits überschritten hatte. Jetzt begann ich zu begreifen, worin die Faszination dieser Frau bestand: Mit ihrem Geist besiegt sie ihren Körper. Der Körper mag sechzig, siebzig oder noch älter sein, der Geist, der aus ihren Augen spricht, ist jung geblieben. Das ist die Kunst der glücklichen Alten. Sie scheren sich nicht um Jahre. Was sind schon Jahre? Was ist schon Zeit? Erst wenn die letzte Stunde schlägt, ist es vorbei, egal, ob jung oder alt. Bis dahin lebt man, und sei es von Erinnerungen.

Ich bestellte mir einen Cappuccino und setzte mich in Zuhörerposition. Ich nahm kaum wahr, dass die beiden Ungarinnen mit den Riesendekolletés an unserem Nachbartisch Platz genommen hatten. Ich sah und hörte nur Elisabeth.

„Der Mann mit den schmutzigen Händen hat mich nach Budapest geholt, wo er sich bald darauf einen schwarzen Anzug lieh, für mich ein weißes Kleid kaufte und wir uns nach Verlassen der Kirche den ersten legalen Kuss gaben. Meine einzige Mitgift war die Kenntnis der deutschen Sprache. Davon abgesehen konnte ich nichts und hatte nichts. Aber ich hatte ihn, und er mich. Das nannten wir ‚unser Fundament'. Man kann dem Schicksal vieles abringen, wenn

75

man zusammenhält. Und das taten wir, jeder auf seine Weise, ohne viele Worte. Jeder gab, was er geben konnte, und jeder nahm, was ihm unverzichtbar galt. Ich lernte ein anderes Leben kennen, weit weg von meinem bisherigen kroatischen Dorfleben. So wie die Save in die Donau fließt, so wurde mein Dasein in das Leben an der Donau gespült. Strauß gab es jetzt nicht nur im Radio, sondern auch im Konzertsaal und bald gab es auch schöne Kleider, und fließendes Wasser in der Wohnung. Und sogar eine Wassertoilette gab es. Die war damals für mich der Inbegriff der Zivilisation. Nicht mehr bei Wind und Wetter in das kleine Häuschen am Ende des Gartens gehen müssen, wo es im Sommer mörderisch gestunken hat, und im Winter jämmerlich kalt war. Würdevoll leben, ohne Existenzangst und Plumsklo, das ist es, was ich meinem Mann verdanke. Das half mir über alle Fehler hinweg, die er natürlich auch hatte."

Die beiden offenblusigen Ungarinnen am Nebentisch schäkerten jetzt mit zwei jungen Burschen. Einer erzählte etwas auf Ungarisch, worauf sich die Mädchen lachend nach vorn und hinten bogen. Bei der Vorbiegung schossen die Blicke der Burschen tief in die Dekolletés der Mädchen. Die hätten sich ja auch nach links und rechts biegen können, aber wozu hat man schließlich Dekolleté?

Elisabeth führte ihre Tasse, die sie nur mit zwei Fingern hielt, zum Mund und schlürfte den vorzüglichen Kaffee, nachdem sie ein Schlückchen aus dem Wasserglas genommen hatte. Sie zeigte lächelnd auf das Wasser und erinnerte sich: „Als mein Mann mich zum ersten Mal in ein Caféhaus führte, wusste ich nichts mit dem Wasser anzufangen. Beinahe hätte ich meine Fingerspitzen darin gespült."

Nach einem weiteren Schluck und einem prüfenden Blick auf mich sagte sie: „Ich schwadroniere hier herum und vergesse, dass die Erinnerungen einer alten Schachtel andere Menschen vielleicht langweilen. Aber selbst auf diese Gefahr hin, muss ich Ihnen noch von meinen Wiener Jahren erzählen. Dabei geht es nämlich auch um Physik. Mein Mann war erst Assistent bei Prof. Eberding, einen damals in Wien sehr bekannten Physiker, und später Dozent an der Uni. Die Wiener Jahre waren die schönsten meines Lebens. In der ersten Zeit ging ich durch Wien wie im Traum. Die großen weißen Stadthäuser mit den kunstvollen Verschnörkelungen verschiedenster Kunstepochen, die gepflegten Straßen und Plätze, die Parkanlagen, die eleganten Geschäfte – all das erlebte ich wie in Trance. Und dann war da dieses Haus in der Mariahilfer Straße, ein hohes Haus mit vielen Etagen, jede Etage mit verschiedenen Jugendstilornamenten geschmückt. Man fuhr hinauf in die achte Etage in einem Lift, der wie ein Tigerkäfig aussah, oder wie einer der Käfige, in denen früher auf dem Jahrmarkt Affen zur Schau gestellt wurden. Oben angekommen, musste man erst die innere Aufzugtür öffnen, deren gitterartige Eisenbänder wie Scheren zusammenklappten, dann konnte man den Riegel der äußeren Tür lüpfen, mit mäßigem Ruck die Tür aufstoßen und mit einem Schritt wieder festen Boden gewinnen. Das Treppenhaus sah aus wie eine Jugendstil-Kathedrale. Stand man auf dem Podest der achten Etage, blickte man auf die verschnörkelten, aus buntem Glas und gebogenen Holzsprossen zusammengesetzten Eingangstüren der beiden Wohnungen dieser Etage. Selbst mein Mann war jedes Mal von diesem Anblick fasziniert. Einmal pro Woche, immer donnerstags, besuchten wir hier Prof. Eberding, der in seiner Wohnung den „Club physique" zelebrierte. In einem riesigen Zimmer, fast schon ein Saal, saß Eberding auf einer Art Thron an der Stirnseite, gegenüber der Fensterfront. Die geladenen Gäste nahmen Platz auf

Sesseln und Sofas, die sich über den ganzen Raum verteilten. Die Fenster waren durch schwere Vorhänge verhangen. Das Halbdunkel, die erlesene Möblierung des Raumes und Eberdings würdevolle Erscheinung verliehen dem Ort eine fast mystische Note. Aber worum es bei diesen Versammlungen ging, war keineswegs mystisch, sondern sehr real. Gegenstand der Diskussion war jedes Mal ein aktuelles physikalisches Thema. Die Erörterungen waren hitzig, konträr, manchmal wären sie fast auf Streit hinausgelaufen, wenn Eberding nicht mit sicherer Hand die Stippen gezogen hätte. Ich verstand überhaupt nichts, jedenfalls nichts von der Physik, die hier so eifrig durchgeknetet wurde. Aber für mich war jede dieser Versammlungen ein Schauspiel, Gelegenheit für das Studium menschlicher Verhaltensweisen.

Leider mussten wir nach einigen Jahren Wien wieder verlassen. Mein Mann folgte einem Ruf an die Budapester Universität. Ich bin natürlich mit ihm gegangen. Und wäre er nach Timbuktu oder Wladiwasweißichwo berufen worden, ich wäre ihm gefolgt. Ich habe nie vergessen, dass er es war, der mir erst ein Leben in Würde ermöglicht hat. Dieses Nichtvergessen ist die Dankbarkeit, die ich ihm bis an mein Lebensende schulde.“

Als die Kellnerin neben uns stand und mit dem Stift auf den Block trommelte, merken wir, dass es dunkel geworden war und wir die letzten Gäste waren.

Nachdem wir gezahlt hatten, versuchte ich mich auf Ungarisch: „Kézet csókolom! Küss’ die Hand, Elisabeth. Es war ein interessanter Kurztrip durch Ihr Leben. Bis morgen, neun Uhr in der Fleischbrühe.“

Am nächsten Tag schritt ich frohen Mutes durch das warme Thermalwasser zu einem freien Platz am Beckenrand, in der hoch erhobenen Hand ein Buch, das ich vorsorglich mit auf die Reise genommen hatte: „Das Weltreich der Römer" von Theodor Mommsen. Untertitel: „Das Leben in den Provinzen von Caesar bis Diocletian". Genau das Richtige, um sich von dieser Herumhängerei und dem Palaver in der Leidenskulisse abzulenken.

Gerade als Caesar sich Gedanken über die Ausdehnung des Reiches an der mittleren und unteren Donau macht, also da, wo ich momentan bis zur Brust im Wasser saß, musste ich niesen. Reflexartig hielt ich die Hand vors Gesicht. Die hatte aber bis dahin das Buch gehalten. Das „Weltreich der Römer" versank im trüben Thermalwasser. Der Herr von der übernächsten Sitzposition tauchte sofort unter, um nach meinem Buch zu greifen. Vielleicht kann er das römische Reich noch retten? Wahrscheinlich berührte er beim Kampf um Rom die Beine einiger Damen. Die fingen sofort an zu kreischen, ob empört oder erfreut, war nicht auszumachen. Die Thermalbrühe wallte auf und nieder. Einige der am Beckenrand Sitzenden waren heftig entrüstet, andere belustigt, manche lächelten schadenfroh. Wie kann man auch ein Buch mit ins Thermalbecken nehmen? Hier ist der Ort, wo man nette Bekanntschaften schließt und wichtige Themen diskutiert! Ich war der Blamierte. Wer vorgibt, Lesen zu können, der sollte auch fähig sein, ein Buch festzuhalten, auch wenn er Niesen muss.

Ich zog mich mit dem nassen Papierbündel zurück, um das Weltreich der Römer trockenzulegen.

Am Ende meiner Komárom-Woche kannte ich fast alle im Rund des Thermaltempels, und fast alle kannten mich. Mein Missgeschick mit dem Buch hatte mir zu einer ungewollten Bekanntheit verholfen. Nun gehörte ich doch zu ihnen und fand es toll. Elisabeth, deren Nähe mir überhaupt nicht mehr lästig war, fragte mich unentwegt über physikalische Probleme aus. Aus der Zeit mit ihrem Mann waren ihr Wissenshäppchen im Gedächtnis geblieben, die sie jetzt aufzubereiten und durch Fäden zu verbinden suchte. „Was ist eigentlich der Urknall? Und was war davor? Wie ist das mit dem Echo des Knalls? Wieso kann ein Flugzeug fliegen, obwohl es doch schwerer ist als Luft?" In diesen Gesprächen merkte ich auch, wo meine eigenen Wissenslücken waren.

Und: Elisabeths Knorpel mochte alt und von Schwund befallen sein, ihr Gehirn war es nicht. Das merkte man schon an ihren Fragen.

Manchmal träume ich noch von Elisabeth und vom Komáromi Gyogyfürdö, träume frei nach Goethe:
„Ihr naht euch wieder, schwankende Gestalten,
die täglich sich dem trüben Bad geweiht.
Versuchet wohl, mich diesmal festzuhalten,
auf dass des Knorpels Wuchs gedeiht."

2007

Clara-Ulrike
Marienbad

„Die Liebe befällt Menschen jeden Alters,
ihre Wonnen beglücken gleichermaßen,
die in der Blüte der Jugend stehen
und deren Augen sich der Welt gerade öffnen,
und auch den ergrauten,
durch Erfahrung gestählten Krieger."

Eugen Onegin: Arie des Fürsten Gremin

Nach einem Bummel durch den Marienbader Kurpark bog ich auf die Kurpromenade ein, und da sah ich sie: Die Kreuzquelle. Der Ort, wo sich nach Martin Walser vor fast zweihundert Jahren Goethe und Ulrike trafen, um des Herrn Geheimrat letzte große Liebe in die Wege zu leiten. Im Gegensatz zu dem Treffen von 1823, das Goethe zu jener berühmten „Marienbader Elegie" inspirierte, wird mein Treffen mit der Kreuzquelle keinerlei literarische Konsequenzen haben. Ich habe zwar an der Kreuzquelle viele Menschen getroffen, aber keine Ulrike.

Die Kreuzquelle ist mit einer Art Pavillon oder kleinem Tempel überbaut. Das war schon zu Goethes Zeiten so; also müssen sich Johann Wolfgang und Ulrike wohl draußen begegnet sein. Drinnen ist zu wenig Raum; man kann sich schlecht von weitem entdecken. Das Innere des Tempelchens

macht einen hoheitsvollen Eindruck, es erinnert an eine alt-
römische Kultstätte, eine Art Mini-Pantheon. Der Tempel ist
länglich, besteht aus einer kleineren Vorhalle und der hinte-
ren Haupthalle. Dort sieht man das Kreuzwasser in einer
etwa zwei Meter tiefen, mit Steinplatten ausgelegten, kreisrunden Versenkung aus dem Boden quellen. Eine überdimensionale Käseglocke aus Plexiglas ist über die Stelle ge-
stülpt, wo das Wasser austritt. Der Quellbereich ist erdbraun
gefärbt, wohl von den Inhaltsstoffen des Thermalwassers.
Etwas armselig sieht die eigentliche Quelle schon aus, kein
Hauch von Weltliteratur weht über dieser blubbernden Gru-
be. Grund für die Armseligkeit des Wasserspudels ist wohl
auch, dass die Quelle vorher vielfach angezapft, und ihr
Wasser über Rohrleitungen in Marienbader Hotels und öf-
fentliche Einrichtungen gepumpt wird. Im Tempelchen selbst
gibt es zwei Zapfstellen in Form vernickelter Wasserhähne,
aus denen man von sechs bis achtzehn Uhr Kreuzquellen-
wasser entnehmen kann. Solche Wasserhähne gibt es hier
auch für andere Heilquellen: die Rudolfquelle und den Karo-
linenbrunnen, die an ganz anderer Stelle aus der Erde treten.
Diese profanen Zapfstellen dürften der Heilwirkung des
Wassers abträglich sein, denn ein Teil der Wirkung ist sicherlich psychologischer Natur. Dieser Teil geht verloren,
wenn das Medium aus einem einfachen Wasserhahn heraus-
läuft; so, wie stinknormales Wasser auch herauslaufen würde.

Neben der eigentlichen Quelle und den verschiedenen
Zapfhähnen gibt es im Kreuzquellentempel auch noch einen
kleinen Verkaufsstand für allerlei nützliche Dinge, die der
Marienbadbesucher so braucht, sei es sofort, oder zur Erinnerung. Da sind vor allem die berühmten Heilwassertrinkbe-
cher aus Porzellan mit einem Schnäbelchen, deren Bemalung

an Kitschigkeit kaum zu überbieten ist. Oder interessante Steine aus der Umgebung, deren geologischen Geheimnissen schon damals der Herr Geheimrat auf der Spur war.

Außer Schnabeltassen und Steinen gibt es am Verkaufsstand des Kreuzquellentempels auch noch interessante Bildkarten, mit Ansichten, die zu Marienbad allerdings in keinerlei Beziehung stehen. Sie stellen auf künstlich vergilbten Fotos, sogenannten Stereogrammen, erotische Szenen aus längst vergangenen Zeiten dar: Mädchen von hinten, im knappen Mieder, ohne Höschen, sich gerade über einen Waschzuber beugend, oder auch von vorn, sich gerade die Haare richtend, mit Höschen, aber ohne Mieder, wodurch ein freier Blick auf bemerkenswerte Oberkörper möglich ist. Das Ganze kann man dreidimensional betrachten, weil ein herausklappbarer Teil der Karte zwei Linsen, angeordnet in der Art einer Brille, enthält. Blickt man durch diese Brille, fließen die beiden Halbbilder zu einem räumlichen Abbild zusammen, auf dem die entsprechenden interessanten Posen plastisch erscheinen. Die Dreidimensionalität erhöht wahrscheinlich das Vergnügen derjenigen, die daran Vergnügen finden.

Die Besucher des Kreuzquellentempels sind an diesem Tag zum großen Teil ältere Ehepaare. Ich beobachte zwei Besucher, die sich mit Mutti und Vati anreden und sich meist auf getrennten Wegen durch den Tempel bewegen. Mutti trinkt aus dem Schnabeltässchen die Wasser der verschiedenen Quellen, um ihre diversen Leiden zu lindern, oder eine Linderung jedenfalls in den Bereich des Möglichen zu rücken. Vati verfolgt derweil durch die 3D-Brille die Kartenmädchen bei ihren liederlichen Verrichtungen. Der Kartenständer ist drehbar und hat mehrere Etagen. Es gibt viel zu sehen. Für die untersten Etagen muss man sich tief hinunter beugen. Vati müht sich. Wäre er sich sicher, wieder hochzukommen, würde er sich wahrscheinlich vor den Kartenständer knien. „Komm Vati!", ruft Mutti im Befehlston durch den Tempel. Vati zuckt hoch, als wäre er bei etwas Unanständigen ertappt worden, was ja auch stimmt. Schnell wendet er sich ab von der Stereoskopie, nimmt noch eine Schnabeltasse aus der Auslage und tut, als würde er einen Kauf in Erwägung ziehen. Dann stellt er sie vorsichtig zurück. Er hat ja schon eine, eine unbenutzte. Mutti und Vati gehen. Ihre Schnabeltassen hängen lässig am kleinen Finger.

Dieser Brunnentempel hat schon viele Leiden und viele Leidenden gesehen. Nicht alle waren mit Wasser heilbar.

Hinter dem Haus Namesti Goetha 11, in dem Goethe in den ereignisschweren Tage jenes Jahres 1823 logierte und in dem man Goethes damalige Wohnräume noch originalgetreu besichtigen kann; hinter diesem Haus, aus dessen Fenstern Goethe hinüberschmachtete ins benachbarte Knebelsbergsche Palais (offenbar konnte Goethe um die Ecke gucken), zur zärtlich geliebten Ulrike, um sie heimlich zu beobachten, oder wenigstens ein Stück Ulrike mit den Augen zu erhaschen, vielleicht gar ihr Gesicht, vielleicht ihren Mund, der das ganze hochdramatische und Weltliteratur gebärende Ereignis später mit den Worten „keine Liebschaft war es nicht" abtat (hätte sie doch zur rechten Zeit gesagt: Herr Geheimrat, ich liebe Sie nicht – oder eventuell auch: ich liebe *dich* nicht – und werde dies nie tun, es sei denn, wie einen Vater); hinter diesem Haus also, in dessen Mauern das verehrte Dichtergenie schlimme Stunden durchlitt, in denen unter anderem klar wurde, dass ein männliches Genie eben auch nur ein Mann ist, der in Bezug auf die Reize junger, halbwüchsiger Mädchen, mit ihrer frischen, glatten Haut und ihren gelenki-

gen Gelenken (die Intelligenz spielte wohl doch eine unter-
geordnete Rolle; geistvolle Gespräche hätte Goethe auch mit
Ulrikes Mutter führen können) nicht anders empfindet als ein
Nichtgenie, außer, dass dem Genie ein Gott gab, zu sagen
was es leidet, während Nichtgenies – die ja in der Überzahl
sind - in ihrer Qual verstummen; hinter diesem Haus mit der
Nummer 11, das früher „Die goldene Weintraube" hieß, und
das relativ bescheiden daher steht gemessen an dem protzi-
gen Gehabe des gerade im Verfall befindlichen Knebelsberg-
schen Palais nebenan, in dem Ulrike allabendlich ihr Mieder
lüpfte, und dann unter die Bettdecke schlüpfte, anstatt sich
aus dem Fenster zu lehnen und zur Nummer 11 hinüberzu-
winken; hinter diesem Haus, dessen Seite an die Waldstraße
grenzt, in der sich gleich vorn das „Lazensky dum" befindet,
zu Deutsch Kurhaus, mit dem Namen „Ulrika", denn tsche-
chische Mädchennamen müssen immer auf „a" enden; hinter
diesem Haus also beginnt der sehenswerte „Geologische
Park" der Stadt Marienbad. Die Gegend ist geologisch be-
deutsam, was schon der Geheimrat Goethe erkannt hatte.
Jedenfalls hat er so manches Stück seiner Sammlung aus den
Bergen um Marienbad herausgeschlagen, oder herausschla-
gen lassen. Vielleicht hat ihm das Steineklopfen geholfen,
sein Herzklopfen zu überdecken.

Sein Steineklopfen hört man heute nicht mehr, aber das
Herzklopfen meint man noch hören zu können. Über Marienbad wabbert ein Hauch von Goethe und Ulrike. Oder ein
Hauch dieser tragischen Liebe, die manche, die nichts davon
verstehen, lächerlich nennen. Skandalös mag sie gewesen
sein, aber lächerlich nicht.

Schaut man vom angrenzenden Berghügel herab, dann
sieht man noch heute die beiden Gebäude stehen, die be-
scheidene „Goldene Weintraube", wo Goethe Quartier hatte,

und daneben Ulrikes Herberge, das majestätische „Knebels-bergsche Palais". Geradezu symbolisch! Wer von beiden war der Stärkere in dieser Verbindung: das junge unerfahrene Mädchen oder der hochverehrte Dichterfürst? Goethe hat es schmerzvoll erfahren, dass Jugend brutal sein kann. Ver-dienste zählen nicht, was zählt sind Jahre. Einfach nur Jahre!

Die eigene Liebe nicht erwidert zu sehen, das passiert Ge-nies wie Nichtgenies gleichermaßen. Allerdings können sich Nichtgenies leichter damit abfinden. Goethe sagte irgend-wann, dass es gegen große Vorzüge eines anderen kein Ret-tungsmittel gäbe als die Liebe. Gerade die Genialität macht es dem Genie schwer, eine Abweisung zu akzeptieren. Wenn es ums Sichverlieben geht, sind das Aussehen, die Gelenkig-keit der Gliedmaßen und die Beschaffenheit der Epidermis allemal wichtiger als Genialität.

Martin Walser lässt seinen Goethe sagen: „Meine Liebe weiß nicht, dass ich über siebzig bin". Ja, Liebe kann man nicht nach Kalenderdaten ein- und ausschalten. Die bricht einfach los, ohne auf irgendwelche Zahlen zu achten. Lieben kann man nicht altersgemäß, nur maßlos.

Im Speisesaal des Hotels Monty, oben auf dem Berg, be-dient Ulrike. Bedienungen stellen sich normalerweise nicht mit Namen vor, jedenfalls nicht in Hotels mit vier Sternen. Den Namen gab *ich* ihr. Eigentlich heißt sie Clara. Aber das erfuhr ich erst viel später. Aber Ulrike passt gut zu ihr. Wenn sie wirklich Ulrike hieße, dann würde sie allerdings Ulrika, mit dem im Tschechischen obligatorischen Weiblichkeits-a am Ende heißen. Clara-Ulrike bedient die Gäste, räumt das Geschirr ab, deckt die Tische neu ein. Morgens und abends. Das tut sie nicht hastig, aber mit Schwung. Ihr blondes Haar, das sie hinten zu einem Schwanz zusammengebunden hat, schaukelt keck nach links und rechts wie das Pendel eines Metronoms. Meist blickt sie ernst, ab und zu jedoch huscht ein Lächeln über ihr Gesicht. Diese seltenen Momente versuche ich einzufangen; bilde mir ein, sie könnten mir gelten. Nein, ich habe nicht vergessen, wie alt ich bin? Ich weiß es nur zu gut. Aber etwas wissen und es sich in solchen Momenten eingestehen, ist zweierlei. Illusionen sind erlaubt, Phantasien auch.

Sie mag wohl siebzehn, achtzehn Jahre alt sein, höchstens neunzehn, schlank, aber nicht dünn, scheu wie eine Abiturientin bei der mündlichen Prüfung. Oder spielt sie das nur? Als sie in die Nähe meines Tisches kommt, spreche ich sie an: „Würden Sie mir bitte das Salz bringen?" In diesem Moment kommt sie mir sehr nahe, ich kann ihre Aura förmlich einatmen. Ich kann die Knöpfe an ihrer schwarzen Weste zählen, die sie über einer schneeweißen Bluse mit kurzen Ärmeln trägt. Weste und Bluse wölben sich gemeinsam in einer bezaubernden Rundung über das, was erkennbar darunter im Verborgenen schlummert. Der Rest ist Phantasie. Dann sehe ich sie davongehen, das Salz holen, und ich bewundere dabei ihre aufregenden Beine.

Nein, mit dem Pfeffer kann ich das gleiche Spiel nicht noch mal machen. Das wäre zu plump. Leider. Was könnte man sonst noch tun, ohne sich lächerlich zu machen? Nichts, leider absolut nichts. Man könnte höchstens eine Elegie schreiben – wenn man könnte.

Eine Dame mittleren Alters, auf fünfundzwanzig getrimmt, mit kleinem Hündchen an der Leine und engem Pulli über dem halterlosen Busen, kommt mir auf der Kurpromenade entgegen und spricht mich unvermittelt an: „Скажите пожалуйста, как пройти к гостинице „Бэлведэр[1]"?

Sprachlos bleibe ich stehen. Ich bin baff. So etwas kannte ich bisher nur von Amerikanern, die überall auf der Welt einfach die Leute anquatschen und voraussetzen, dass jeder Mensch ihr gegurgeltes Englisch versteht. Ich will schon antworten: „Nix verstehen." Doch ich besinne mich. Warum nicht? Warum sollten die Leute, die in der Öffentlichkeit bisher immer nur leise miteinander sprachen, als schämten sie sich ihrer Sprache, nicht erwarten dürfen, dass andere ihre Sprache verstehen. Natürlich muss man die Leute, die hier in Marienbad mit Hündchen an der Leine auf Russisch nach dem „Belvedere" fragen nicht unbedingt lieben. Viele von ihnen benehmen sich genauso, wie auch andere Touristen im Ausland. Mein Gehirn schaltet rasch auf Russisch um. Wo das „Belvedere" ist, weiß ich. Nun wirst du aber staunen, denke ich, als ich der Dame in fließendem Russisch erkläre, wohin sie sich mit ihrem Hündchen wenden müsse. Aber sie staunt überhaupt nicht. Sie lächelt mich nur freundlich an, entblößt ihre makellosen weißen Zähne und sagt: „Большое спасибо[2]. Sie wundert sich nicht im Geringsten, dass ich, als Deutscher im tschechischen Marienbad, in fließendem Russisch eine komplizierte Wegbeschreibung abliefern kann. Dass ich Deutscher bin, kann sie freilich nicht wissen. Aber dass ich ihre Sprache verstehe, konnte sie mitnichten voraussetzen. Neues Selbstbewusstsein – nicht zu übersehen in Marienbad.

Am großen runden Springbrunnen im Zentrum der Kurpromenade wird jeden Tag zur ungeraden vollen Stunde ein

---

[1] *Russ.:* Sagen Sie bitte, wie komme ich zum Hotel „Belvedere"?
[2] *Russ.:* Vielen Dank.

Spektakel veranstaltet. Der Brunnen spritzt im Takt einer Musik, die – vermischt mit Wasser auch aus den Brunnendüsen zu strömen scheint. Für jede Tageszeit gibt es eine andere Musik. Dazu wird der Brunnen mit verschiedenfarbigen Scheinwerfern angestrahlt, was natürlich besonders im Dunkeln Eindruck macht.

Ich sitze am Nachmittag mit einem Buch und einem Glas Wein auf der Terrasse des Cafés am Ende der Promenade nahe dem Kreuzbrunnen. Plötzlich, um drei Uhr, macht der Gefangenenchor, der sonst in „Nabucco" singt, das ganze Zentrum des Kurortes zur Konzerthalle. Kurz nachdem die Musik einsetzt, beginnt es zu regnen. Die Regentropfen trommeln auf die großen Sonnenschirme meines Cafés – im Takt der Musik wie mir scheint. Wenn der Springbrunnen seine Wassermusik spielt, ist die Promenade fast leer, alle Menschen versammeln sich am großen Rund des Brunnens. Ich sitze allein im Freiluft-Café. Zwei Tauben kommen im Tiefflug über die Promenade und lassen sich bei meinem Tisch nieder. Nun sind wir schon drei, die unter dem schützenden Schirm die Frische des Regens genießen und dem Gesang der Gefangenen lauschen. Die werden von Nabucco gequält, bis ein Blitz ihm die Krone vom Kopf reißt. Geschieht ihm Recht, dem Tyrannen. So gefährlich geht es allerdings am Springbrunnen nicht zu. Eher andächtig, hoheitsvoll, konzertartig. Die Menschen stehen im Regen und lauschen wie gebannt Verdis Musik. Als der letzte Ton in der Wasserfontäne ertrinkt, merken die Menschen erst, dass es regnet und wenden sich schnell zur Kolonnade.

Die Terrasse des Cafés füllt sich langsam wieder. Die beiden Tauben suchen sich einen Tisch, an dem es was zu picken gibt, denn bei mir war nichts zu holen. Nun, da die Musik verstummt ist, hört auch der Regen auf zu trommeln. Die

Sonne versucht, durch Wolkenlücken zu blinzeln. Marienbad verwandelt sich in ein Dampfbad. Von den nassen Wiesen und Plätzen steigen weiße Schwaden auf. Die Sonnenstrahlen werden von abertausenden Wassertröpfchen gebrochen und malen Regenbogen in die Luft.

Plötzlich taucht inmitten dieser Dampfkulisse eine Figur auf, die ich kenne: Clara-Ulrike aus dem Monty. Aber sie ist nicht allein, sie hängt am Arm eines jungen Mannes, eines František. Das erfahre ich, als die Bedienung ihn laut mit Namen ruft. Ein Stammgast! Wahrscheinlich sitzt er jeden Tag mit einer anderen hier. Nachdem sie sich an einen Nachbartisch gesetzt haben, beginnt František sofort auf Clara-Ulrike einzureden. Sie nennt ihn Franta. Sagt immer: „Franta! Franta? Franta! Ha, ein Mann und endet auf „a"! Verstehen kann ich nichts, sie sprechen natürlich tschechisch. Franta steckt sich eine Zigarette an. Der Rauch zieht direkt zu mir herüber. Ziemlich beißender Qualm, ekelhaft. Man stelle sich das beim Küssen vor – dieser Nikotingeschmack! Wie kann Clara-Ulrike das nur ertragen? Sie sitzt mit dem Rücken zu mir. Hätte sie mich sonst eventuell erkannt? Franta spricht ziemlich hastig und eindringlich auf sei ein. Immer nachdem er ein paar Sätze in dieser unverständlichen Sprache gesagt hat, antwortet sie nur: „Franta!" oder „Franta?". Jetzt legt sie sogar ihre Hand auf seinen Arm und intoniert ein lang gezogenes „Fraaaantaaaaa". Aber dann zieht sie die Hand sofort wieder zurück. Ich rücke meinen Stuhl ein Stück nach rechts, um sie wenigstens von der Seite betrachten zu können. Die schwarze Weste und die weiße Bluse hat sie heute zu Hause gelassen. Stattdessen trägt sie einen weißen Pulli, der sich eng an den Körper schmiegt. Wahrscheinlich ist der Pulli auch noch weit ausgeschnitten. Das kann nur Franta sehen, ich nicht. Und der Rock ist kurz, eigentlich zu kurz, regelrecht Mini. Und lila ist er; ein leuchtendes Lila. Geschmack hat sie. Die Kette am Hals kenne ich auch noch nicht; kein üppiger Schmuck, nur ein dünner Goldstrich zeichnet sich ab. Vorn wahrscheinlich ein kleiner Stein zur Unterstreichung ihrer naturbelassenen Schmuckhaftigkeit. Und den winzigen Ring mit dem blassvioletten Stein trug sie auch nicht als sie mir im Monty das Salz brachte. Franta lässt das alles kalt. Sein Redeschwall scheint unerschöpflich. Was will er nur von ihr? Sie haben lediglich einen Kaffee bestellt. Vielleicht versucht er sie zu überreden, mit zu ihm zu kommen. Oder nur ins Kino? Sie kramt schon wieder in ihrem kleinen Handtäschchen herum. Dieses weiße Ledersäckchen, zum Pulli passend, scheint überhaupt nur zum Rumkramen geschaffen zu sein. Sie findet nicht, was sie sucht. Dafür legt sie schon wieder ihre Hand auf seinen Arm, diesmal sogar für längere Zeit. Inzwischen sind die beiden Tauben beim Clara-Franta-Tisch. Nun habe ich einen Grund hinüberzuglotzen; ich tue so, als würde ich die Tauben beobachten. Clara-Ulrikes Schuhe sind auch lila. Unzählige dünne Riemchen schlingen sich in abenteuerlichen Bahnen um ihre schlanken Fesseln. Die Riemchen wiederholen das Lila des Rockes. Das Lila des übrigen Schuhs ist eine Idee dunkler. Mein Gott, was für ein aufregendes Lila! Und die Absätze haben wieder das Lila des Rockes. Hohe Absätze. Nun ja, Franta ist ja ziemlich groß, und gut gebaut ist er auch. Verdammt gut gebaut! Ein Bild von einem Mann. Der hat bestimmt einen Waschbrettbauch und Haare auf der Brust. Zu seinem Wortschwall nickt er jetzt noch mit dem Kopf. Will wahrscheinlich, dass sie auch nickt. Doch sie nickt nicht. Sie trinkt aus ihrer Tasse, die schon längst leer ist. Lässt sie ihn abblitzen? Jetzt jagt er die Tauben weg. Spüre ich da etwas Wut in seinen hastigen Bewegungen? Es läuft wohl nicht so gut mit Clara-Ulrike? Am liebsten wäre ich aufgestanden und hätte zu ihm gesagt: *Jung sein, lieber Freund, ist ein Zustand, aber kein Verdienst! Wenn du sie verdienst, geht sie vielleicht mit dir. Aber nur dann.*

Aus dem Kreuzquellentempel strömen die Kurgäste. Fast alle mit dem obligatorischen Schnabeltässchen in der Hand. Die meisten trinken noch während des Laufens. Das schickt sich so, hier auf der Promenade. Erst mit dem Schnabeltässchen am Mund gehört man dazu. Die Sonne hat die Regenwolken vertrieben und trocknet das Segeltuch der Schirme. Von weitem hört man den Springbrunnen rauschen, jetzt ohne Verdis Zutun. Die Wiesen am Rande der Promenade haben das Dampfen eingestellt; sie strahlen ihm saftigsten Grün.

Kurz nachdem Franta die dritte Zigarette ausgemacht hat, nickt Clara-Ulrike. Ganz leicht nur. Aber sie nickt. Er winkt der Bedienung, die sofort am Tisch erscheint und kassiert. Dann steht er auch schon auf und geht los. Clara-Ulrike zögert noch einen Moment. Aber genickt ist genickt. Sie erhebt sich und lenkt die lila Schuhe mit den hohen Absätzen und den dünnen Riemchen in seine Richtung. Als sie aus dem Schatten des Schirmes tritt, lassen die Sonnenstrahlen sie in einem ganz zarten Lila leuchten. Ein fast unwirkliches Leuchten, wie es über einem blühenden Lavendelfeld im Frühsommer liegt. Mein Gott, diese Beine zwischen den beiden Lila des Rockes und der Schuhe! Sie laufen gedankenlos dem zigarettenrauchenden Waschbrettbauch hinterher.

Gut, dass ich Clara-Ulrike im Monty nicht noch um Pfeffer gebeten hatte. Clara-Ulrike? Vielleicht ist sie doch nur eine Clara und keine Clara-Ulrike?

Als die beiden meinen Blicken entschwinden sage ich zu mir selbst: Hüte dich vor Neid und Illusionen. Schau ins Lavendelfeld, wenn dir nach Lila ist.

Die beiden Tauben erheben sich und fliegen in Richtung des Parks davon. Wahrscheinlich ein Pärchen. Sie scheinen gleichaltrig zu sein. Eigentlich sind Tauben immer gleichaltrig. Überhaupt Vögel. Ich kann mich nicht erinnern, je einen alten Vogel gesehen zu haben. Einen kranken schon, ja, aber wie sieht ein alter Vogel aus? Glückliche Vögel!

Die Tauben interessieren mich nicht mehr. Ich zahle und wende mich dem Hügel zu. Für mich steht heute noch ein Museumsbesuch auf dem Programm. Das Museum befindet sich in dem Haus, in dem damals im Sommer 1823 Goethe logiert hatte, in der „Goldenen Weintraube". Von der Kurpromenade zur Namesti J. W. Goetha, Nummer 11, sind es nur ein paar Schritte. Das Haus mit dem runden Goethe-Relief über der Eingangstür macht einen frisch renovierten Eindruck. Ein angegliederter Museumsneubau bildet zusammen mit dem Erdgeschoß des alten Hauses eine Eingangshalle.

Wen sehe ich dort an der Vitrine stehen? Clara und Franta. Clara-Ulrike schaut durch das Glas der Vitrine herüber und erkennt mich sofort. Sie winkt mir zu, kommt her und stellt mir ihren großen Bruder František vor. Er sei dabei, für das Museum eine neue Ausstellung zu konzipieren, wobei sie ihn berate. Ihre Augen strahlen, blicken voller Stolz zu ihm auf. Sie stellt sich auf die Spitzen der lila Schuhe, streckt sich, dass ihr Minirock fast über den Po rutscht und küsst ihn auf die Wange. Auch ich darf die Wange hinhalten, obwohl ich weder ihr Bruder bin noch gerade keine Ausstellung konzipiere.

So schön kann das Lilatheater sein, selbst wenn man nur als Zuschauer im Saal sitzt – vorausgesetzt, man hat früher, in der eigenen Lila-Zeit, auch mal auf der Bühne gestanden.

Clara-Ulrike und Franta bieten an, mich durchs Museum zu führen. Das hat mir sehr gefallen. Das Museum auch. Wir verabschieden uns mit freundschaftlichem Händedruck. Kann es sein, dass Clara meine Hand etwas länger gehalten hat, als unbedingt notwendig gewesen wäre? Oder bin ich das gewesen?

2008

Goethe zu Eckermann, Januar 1824:

„Pah, als ob die Liebe etwas mit dem Verstande zu tun hätte! Wir lieben an einem jungen Frauenzimmer ganz andere Dinge als den Verstand. Wir lieben an ihr das Schöne, das Jugendliche, das Neckische, das Zutrauliche, den Charakter, ihre Fehler, ihre Kaprizen, und Gott weiß was alles Unaussprechliche sonst; aber wir lieben nicht ihren Verstand. Ihren Verstand achten wir, wenn er glänzend ist, und ein Mädchen kann dadurch in unsern Augen unendlich an Wert gewinnen. Auch mag der Verstand gut sein, uns zu fesseln, wenn wir bereits lieben. Allein, der Verstand ist nicht dasjenige, was fähig wäre, uns zu entzünden und eine Leidenschaft zu erwecken."

Das weiße Taschentuch
Nürnberg/Poprad

Am Montag hatte er Zeit. Er war allein und hatte viel Zeit. Vor zwei Wochen hatte er seinen letzten Arbeitsauftrag abgeschlossen und vor einer Woche war seine Frau ausgezogen. Das Ende des letzten Arbeitsauftrages kam planmäßig, der Auszug nicht. Aber das ist eine andere Geschichte.

Am Montag hatte er also Zeit. Eigentlich den ganzen Tag, was lange nicht vorgekommen war. Er beschloss, durch Nürnberg zu streifen. Suchte er etwas? Nein! Schon eher suchte er jemanden. Aber wen? Das wusste er am Morgen noch nicht.

Nürnberg ist eine Stadt zum Wohlfühlen. Die Kaiserburg, der Hauptmarkt, die Frauenkirche, der Goldene Brunnen, die kleinen verwinkelten Gassen, die eleganten Geschäfte … Und außerdem hat Nürnberg eine besondere Gasse. Eine historische Gasse, die erste ihrer Art in Deutschland. Eine Gasse, wo Mädchen Freude verheißen. Die Mädchen nennt man deshalb Freudenmädchen. Manche Leute verziehen bei diesem Wort das Gesicht zur Grimasse. Sie mögen Recht haben oder auch nicht. Er selbst war da eher unentschlossen, vielleicht weil er bisher noch nie in Versuchung geraten war, diese Art von Freude zu genießen. Aber was kann an Freudemachen schon schlecht sein? Siegmund Freud meinte, dass Kultur den Verzicht auf Triebe bedeute. Aber aus Triebverzicht einen Moralkodex machen, nur um kulturvoll zu sein? - so hat Freud das wohl nicht gemeint. Seit der Mensch seinen Riechrüssel von der Erde erhoben und zum aufrechten Gang übergegangen war, ist nichts Einfältigeres über ihn gekommen, als die Vorstellung, dass dem Vollzug des Fortpflanzungsaktes etwas beigemischt werden müsse, was man gemeinhin Liebe nennt. Manche Psychoanalytiker sehen gerade in diesem Irrtum den Grund für eine erstaunlich häufige Hinderniswirkung, nämlich die psychische Impotenz.

Ohne, dass er es ausdrücklich geplant hätte, liefen seine Beine auch in diese Gegend Nürnbergs, zu dieser Gasse. Am Anfang der Gasse stand ein Mann mit einem Packen Zettel, wie ein Prospektverteiler vorm Supermarkt. Der Mann reichte ihm ein kleines Werbeblättchen, eine Art Freier-Flyer. Den steckte er schnell in die Tasche, obwohl die darauf abgebildeten Mädchen alles andere als hässlich waren. Nach ein paar Schritten tauchten auf der linken Seite der Gasse die Mädchen in natura hinter einer Art Schaufenster auf. Immer nur auf der einen Seite der Gasse, sodass man sich nicht den Hals verdrehen musste. Die Mädchen waren leicht, sehr leicht bekleidet, eigentlich zu leicht, für diese Temperaturen. Solche Gedanken kann sich nur einer machen, der keine Ahnung von diesem Gewerbe hat. Teilweise saßen die Mädchen auf Plüschsesseln hinter den Schaufenstern wo es sicher etwas wärmer war. Es war ihm ein wenig peinlich, sie direkt anzuschauen. Wie eine Ware präsentierten sie sich: hübsche und weniger hübsche Mädchen, blutjunge und reifere. Sie lächelten ihn an, er lächelte sie an. Stehen blieb er nicht, er drehte sich auch nicht um. Deshalb wusste er nicht, ob sie hinter ihm noch lächelten oder bloß über ihn lachten. Er jedenfalls lächelte noch, als er am Ende der Gasse angekommen war. Diese lebende Galerie hatte ihm schon gefallen und er fragte sich: Wo wird man in meinem Alter sonst noch von jungen Mädchen angelächelt. Allerdings, mehr als Lächeln war da nicht passiert, obwohl er schon eine längere Trocken-periode hinter sich hatte. Wie lange die noch andauern wird stand in den Sternen. Insgeheim stellte er fest: In der letzten Zeit habe ich junge Mädchen immer nur durch mehr oder weniger großen Aufwand zum Lächeln gebracht; hier geschah es ohne mein Zutun.

Am Ende der Gasse hatte er immerhin noch den Freier-Flyer in der Tasche, der praktisch die papierne Verlängerung der Schaufenstergasse darstellte. Ein Duzend Mädchen, abgebildet auf Hochglanzfotos. Ein kurzer Text, ein sogenanntes Profil und die Telefonnummer war bei jedem Bild dabei. Elf der Mädchen sah er nur flüchtig an. Aufmerksam betrachtete er nur eine, eine Lea, was natürlich nicht ihr richtiger Name war. Eingerahmt von langen schwarzen Haaren schaute sie mit blauen Augen aus der Fotographie heraus, direkt auf ihn. Auch sie lächelte, aber irgendwie anders. Sie präsentierte sich nicht, sie war einfach präsent. Oder bildete er sich das nur ein? Unter dem Bild in gespreizter Schrift: Zweiundzwanzig Jahre alt. Lea aus der Slowakei, aus Poprad. Lange Beine. Natur-Busen. Darunter - eine Nürnberger Telefonnummer.

Er setzte sich in einen Biergarten am Burggraben und begann, sich mit Lea zu unterhalten: Lea, ich bin zweiundsechzig Jahre alt. Wenn ich dich anrufen sollte, merkst du das natürlich nicht. Und ich werde mich hüten, es dir zu sagen. Aber wenn ich dann vor dir stehen sollte? Für ein Mädchen von Zweiundzwanzig ist Zweiundsechzig uralt, lächerlich alt. Du würdest es mich wahrscheinlich nicht merken lassen. Aber es reicht, dass ich es weiß. Das muss man sich mal vorstellen: als ich so alt war, wie du jetzt bist, dauerte es noch achtzehn Jahre, bevor du geboren wurdest. Man muss nur bis zweiundsechzig laut zählen, und ab zweiundzwanzig nicht mehr Luft holen. Begreifst du Lea? Da bleibt dir die Luft weg, ehe du bei zweiundsechzig bist. Du wirst vielleicht sagen (oder denken): Dafür bezahlt er mich doch. Das hilft dir, aber nicht mir. Kannst du mir über diese Klippe hinweg helfen, ohne dass es mir peinlich ist? Du merkst schon: Ich bin Anfänger. zweiundzwanzigjährige Lea aus Poprad, mit Natur-Busen und langen Beinen. Aber, wenn uns auch viele Jahre trennen, eine Verbindung gibt es: die Stadt, aus der du kommst. Poprad, das frühere Deutschendorf, weit im Osten, hingebaut ans kleinste Hochgebirge Europas, das sich Hohe Tatra nennt. Als ich so alt war wie du, als Student, war ich für ein paar Tage dort. Ich kam mit Rucksack schwer beladen übers Gebirge, vom polnischen Zakopane her, ins slowakische Poprad. Was erinnert mich noch an diese Stadt? Wenig, fast Nichts. Ich wohnte in einer Art Studentenherberge, in einem Saal zusammen mit vielen anderen jungen Leuten. Mädchen und Jungen gemeinsam, das weiß ich noch. In Doppelstockbetten. Und an manches nächtliche Geräusch im Schlafsaal erinnere ich mich auch noch. Am nächsten Tag sah man dann Zwei gemeinsam beim Frühstück, die anschließend zusammen weiterzogen. Zwei, die getrennt gekommen waren, gingen gemeinsam weiter.

Poprad war für mich nur Zwischenstation, nicht Aufenthalt. Ich kann nicht sagen, ob es in dieser Stadt Sehenswürdigkeiten gibt. Auf dich, Lea, mussten wir noch achtzehn Jahre warten. Und dann hattest du auch nicht gleich lange Beine.

Während er sein Bier trank, schaute er wieder und wieder Leas Bild auf dem Flyer an. Schwarze Haare, ein schönes, klares Gesicht, blaue Augen. Er streichelte mit den Augen ihr Bild und die Buchstaben darunter: Zweiundzwanzig Jah-

98

re, Natur-Busen, lange Beine, Lea aus Poprad. Soll er die angegebene Nummer anrufen? Notfalls könnte er sagen, er wolle nur mit ihr über Poprad plaudern. Aber das glaubt ja kein Mensch. Zum Plaudern braucht man nicht jemanden mit langen Beinen.

Er schaute sich um. In Sichtweite des Biergartens war keine Telefonzelle. Er zahlte sein Bier und steckte den Freier-Flyer ein. Er vereinbarte mit sich selbst: Wenn auf dem Weg bis zum Parkplatz, wo mein Auto steht, eine Telefonzelle kommt, rufe ich sie an. Sonst nicht.

Es war nicht weit bis zu seinem Auto. In einer Querstraße sah er ein kleines gelbes Häuschen. Aber er musste ja eigentlich nicht durch diese Querstraße. Zählt die Zelle trotzdem? Nein! Er ging geradeaus weiter. Bis er an seinem Auto ankam, sah er keine Telefonzelle mehr. Das Schicksal hatte gesprochen. Keine Zelle – kein Anruf. Leb` wohl Lea.

Am nächsten Tag hat er doch angerufen, gleich am Vormittag. Es war Dienstag. Er wählte die angegebene Nummer. Es tutete dreimal; dann mit leichtem Akzent: „Ja, hier ist Lea."

Warum eigentlich hatte er erwartet, dass besetzt ist? Dann mit gespielter Gelassenheit, als würde er jeden Tag solche Gespräche führen: „Hallo Lea, ich möchte dich mal besuchen. Wann hättest du Zeit?"

Die Mädchenstimme mit dem slawischen Akzent sagte: „Heute ganz Tag bis dreizwanzig Uhr." Straße soundso, Nummer sowieso, erste Etage, auf dem Türschild steht Lea.

Er überschlug kurz die notwendige Zeit für die Mobilmachung. Duschen, Umziehen, Hinfahren. Dann halb fragend: „Ich könnte in einer halben Stunde bei dir sein."

„Ja, ich warten dich“, sagte die Stimme mit den langen Beinen.

Sie wartet auf ihn! Als hätte sie sonst nichts zu tun; als hätte sie nur auf seinen Anruf gewartet.

Jetzt ließ er keine Selbstzweifel mehr zu, Verabredungen muss man einhalten. Er duschte, zog sich etwas über und fuhr zur angegebenen Adresse. Ein älteres Haus, renoviert, nahe der Bahnstrecke. Erste Etage. Die Klingel klingelte nicht, sondern summte. Die Tür ging auf. Vor ihm stand ein Engel im Bikini, ohne Flügel. Der Freier-Flyer hatte nicht gelogen. Bevor er noch seine Pupillen justieren konnte, zog sie ihn hinein.

„Ich bin Lea“, sagte ihr ungeschminkter Mund.

Das wusste er schon. Muss man sich selbst auch vorstellen?

Er nuschelte etwas wie: „Schön siehst du aus.“

Sie hätte es auch für seinen Name halten können.

„Du willst sicher duschen“, sagte sie. Er spürte, dass das keine Frage war. Ja, das wolle er, wenngleich er eben erst geduscht hatte. Er also rein in die Duschwanne, den Vorhang zugezogen. Als er gerade die richtige Wassertemperatur eingestellt hatte, ging der Vorhang auf und Lea stand da, wie Gott sie geschaffen hatte und fragte, ob sie nicht zusammen duschen wollen. Natürlich wollten sie das. Und wie! Und sie wollten auch das feine Badeöl benutzen, das die Haut so schön geschmeidig macht. Er zog sie nahe zu sich heran. Zwischen beide drängte sich nur noch der Strahl der Duschbrause. Dem Wasser wurde es zunehmend schwerer, zwischen beiden einen Weg zu finden, denn sie drückte ihren Körper dicht an seinen heran. Ihre blauen Augen funkelten ihn an, obwohl es im Badezimmer ziemlich dunkel war. Das Funkeln musste von innen kommen.

Sie trockneten sich ab und gingen ins Zimmer. Dort zelebrierte Lea eine Symphonie der Zärtlichkeit, in verschiedenen Tempi, mit Kadenzen und Fermaten. Eine Traummusik! Eine Musik, die mit der Wirklichkeit nichts zu tun hatte; weder die Musik noch die Instrumente, mit denen diese intoniert wurde. Gut, dass es dafür keine Noten gibt. Es lebe die Improvisation!

Eine halbe Stunde später lagen sie beide etwas erschöpft auf dem Bett. Er schaute zur Decke, wo die Lampe ein Muster aus hellen Punkten auf den grauen Untergrund malte. Ihm fiel ein Goethewort ein: „Mir ist so kannibalisch wohl …“. Lea erzählte, dass sie Studentin sei und für das Studium in den Ferien hier Geld verdienen müsse. Er erzählte von seinem Poprad-Intermezzo auf einer Tatra-Tour vor langer, langer Zeit. Nun plauderten sie also doch über Poprad.

Lea schaltete das Radio ein. Dann legte sie sich neben ihn auf den Rücken. Er streichelte ihre Brüste, die auch im Liegen noch standen. Im Radio lief eine Sendung über Maria Callas, die aus Tosca *Vissi d'arte, vissi d'amore* sang: *Ich habe für die Kunst gelebt, gelebt für die Liebe*. Tosca wehrt sich verzweifelt gegen die Avancen des Peinigers, der ihren Geliebten in die Daumenschrauben genommen hat. Mit einem Messer ersticht sie den Unhold, der sie bedrängt. Als sie erkennt, dass sie auch damit ihren Geliebten nicht hatte retten können, stürzt sie sich von der Engelsburg in die Tiefe. Gelebt für die Liebe - gestorben für die Liebe. Liebe und Betrug – manchmal sind sie schwer zu trennen. Und manchmal betrügst du die, die du doch liebst; und manchmal betrügst du auch dich selbst.

Puccinis Musik schwebte über ihnen, ließ sie träumen, wenn das inmitten eines Traumes noch möglich war. Seine Hand wanderte über Leas flachen Bauch. Eine kleine und eine etwas größere Narbe waren mehr Schmuck als Makel. Er genoss ihre glatte, samtene Haut.

Puccinis *Vissi d'arte, vissi d'amore* wird ihn ewig an den Moment erinnern, da er neben einem ihm fremden Mädchen lag, das ihm aber vertraut war, als würde er sie schon seit Jahren kennen.

Er musste sich verabschieden. Beim Ankleiden fiel ihr ein kleines weißes Taschentuch aus der Tasche. Sie bemerkte es nicht. Aber er! Unauffällig steckte er es ein. Was ihm von Lea blieb, war *Vissi d'arte, vissi d'amore* und dieses Taschentuch.

Er war nicht so töricht zu glauben, dass dies eine Liebesgeschichte war. Es war eine kleine Geschichte über einen alten Mann und ein Mädchen mit langen Beinen, zwei Narben und einer Telefonnummer. Ein Freudenmädchen, das ihm für Geld Freude geschenkt hatte. Was andere Leute darüber denken, war ihm egal. Jemandem Freude schenken kann nichts Schlechtes sein.

Einen Monat später war die Erinnerung an Lea immer noch nicht verblasst.

Er hatte ja das kleine weiße Tüchlein. Eigentlich hatte er es gestohlen und sollte es zurückgeben. Er muss es zurückgeben! Nein, er wollte es zurückgeben. Nochmals nein: er wollte sie wiedersehen, um es ihr zurückgeben zu können.

Er war halt ein Anfänger auf diesem Gebiet.

Er ging in Nürnberg zur Schaufenstergasse und suchte den Mann, der die Flyer verteilt hatte. Der war offenbar Kosteneinsparungen zum Opfer gefallen, oder er saß nun selber im

Schaufenster (ja, auch das gab es). Durch die Gasse war er gar nicht gegangen. Er war sich sicher, da sitzt sie nicht, nicht Lea. Aber es gab ja noch andere Möglichkeiten. Zu Hause durchforstete er das Internet. Nein, was man da alles zu sehen bekam. Was einem da verbal und als Foto angetragen wurde! Allerdings eine Lea aus Poprad mit langen Beinen fand er nicht. Leider, alles Suchen war vergeblich.

Da schoss es ihm wie ein Blitz durchs Hirn: Wahrscheinlich sind die Ferien zu Ende, dort weit im Osten, in Poprad. Er wusste nicht recht, ob er sich über diese Erkenntnis ärgern oder freuen sollte.

Er nahm sich seine alten Landkarten vor und maß die Strecke, die ihm zur Teil vertraut war. Ergebnis: neunhundertdreißig Kilometer - von Nürnberg bis Poprad. Das ist doch keine Entfernung, nicht in unserer dynamischen Zeit! Er hatte großzügig gemessen, vielleicht sind es auch nur neunhundertfünfundzwanzig Kilometer. Für sein Auto – keine Entfernung! Früher war er ganz andere Strecken gefahren, in Autos, die kaum von der Stelle kamen und auf Straßen, auf denen jedes Überholen ein Abenteuer war. Eine Woche sollte reichen für die Rückbringung eines Taschentuchs, das er ja eigentlich gestohlen hatte.

Abends brannte er eine komplette CD mit *Vissi d'arte, vissi d'amore*, immer wieder, immer wieder, bis die Scheibe voll war. Die wird er während der Fahrt laufen lassen, als Selbst-Versicherung dafür, dass er nicht daran denkt umzukehren. Dann suchte er eine kleine Schatulle für das weiße Lea-Taschentuch. Das hatte er gewaschen und eine kleine lila Schleife herum gebunden.

Am nächsten Tag packte er ein paar Sachen und die Schatulle mit dem weißen Tüchlein ein, setzte sich ins Auto, legte die CD ein, drückte auf „Repeat" und lenkte auf die A3,

Richtung Passau. Bei Regensburg hielt er an, öffnete die Schatulle, schloss sie wieder, überlegte, ob er das Richtige tat. Aus dem Autoradio klang *Vissi d'arte, vissi d'amore*. Er kam zu dem Schluss: Vielleicht ist es nicht das Richtige, aber ich tue es. Ich muss es tun. So ging es bis zum Abzweig nach Linz. Tosca war immer bei ihm. Bei Linz hielt er noch mal an, um zu überlegen. Ergebnis: Siehe Regensburg. Wien passierte er zügig, ohne Halt. Irgendwann muss man sich das Zweifeln selbst verbieten. Dann Bratislava, wo diese tolle Brücke mit dem charakteristischen schrägen Pylon über die Donau führt. Er hörte Tosca: *Vissi d'arte, vissi d'amore* und wusste: ich bin richtig.

Bald gab's keine Autobahn mehr und der dichte Verkehr auf den schmalen Straßen ließ kaum ein Überholen zu. Schließlich erreichte er Zilina. Danach kam linker Hand der große Stausee, und dann .... zum letzten Mal *Vissi d'arte, vissi d'amore*. Er war da. Poprad.

Poprad ist eine sehr alte Stadt. Sie wurde im 13. Jahrhundert gegründet und gehörte lange Zeit zur Gemeinschaft der Zipser Sachsen. Vielleicht ist das der Grund, warum er auf relativ viele Menschen traf, die Deutsch sprachen. Er erkannte die Stadt, in der er vor vielen Jahren als Student kurz gerastet hatte, nicht wieder. Vierzig Jahre sind eine lange Zeit, Städte verändern sich. Und die Augen, mit denen man die Städte sieht, auch. Er suchte sich ein Hotel und schickte sich an, einen Plan zu entwerfen. Wie ein Mädchen finden, von dem man nur weiß, dass es Lea heißt (wenn das überhaupt stimmt!) und lange Beine hat? Da kann man nicht einfach die nette Frau an der Ecke oder den Zeitungsverkäufer fragen, selbst wenn man Slowakisch beherrschte. Natürlich wusste er einiges mehr von ihr. Zum Beispiel die Narben und noch manches andere, das er bei seinen Wanderungen über ihren Körper entdeckt hatte. Aber danach zu fragen hatte keinen Sinn, weil das niemand kennt. Das wollte er jedenfalls hoffen!

Er musste die Stadt erst mal kennen lernen und Orte finden, an denen mit großer Wahrscheinlichkeit jeder mal vorbeikommt. *Jeder* war ihm egal, aber *sie* käme dann auch irgendwann vorbei. Und sie würde dann alles dabei haben: Die schwarzen Haare, das schöne Gesicht mit den beiden funkelnden Augen, die Narben und natürlich die langen Beine. Nur eines nicht: das kleine weiße Taschentuch. Das hatte er.

Unter den fünfundfünfzigtausend Einwohnern von Poprad sind schätzungsweise viertausend in Leas Alter. Davon die Hälfte Männer. Die zählen nicht. Bleiben noch zweitausend Frauen zwischen zwanzig und fünfundzwanzig. Wie viele davon haben lange Beine? Höchstens zehn Prozent. Bleiben also noch zweihundert Mädchen. Die alle müssten ihm wenigstens einmal vor die Pupille kommen. Eine Wahrscheinlichkeit von eins zu zweihundert. Keine leichte Aufgabe. Aber das Leichte ist eine Sache für Herrn Jedermann.

Er ging auf die Suche nach Plätzen mit hoher Treff-Wahrscheinlichkeit. Da wäre die Einkaufsstraße mit den netten kleinen Läden und davor die evangelische Kirche auf dem parkartigen St.-Egidien-Platz mit dem großen runden Brunnen, wo sich offenbar die jungen Leute gern aufhalten. Oder das Kaufhaus oder die Reduta. Das schienen ihm die Punkte mit der größten Treff-Wahrscheinlichkeit zu sein. Die Palette war überschaubar. Ein Glück, dass Lea nicht in Tokio oder Timbuktu wohnt.

Er versuchte es am ersten Tag mit dem St.-Egidien-Platz. Dort hielt er Ausschau, ließ seinen Blick schweifen und wartete, wartete, wartete …

Als es Abend wurde, hatte er viele nette Leute kennen gelernt. Junge Leute, alte Leute. Auch Leute, die sich offenbar gern mal auf Deutsch unterhielten. Aber Lea war nicht dabei.

Am nächsten Tag wollte er´s am gleichen Ort noch mal versuchen. Er stand an einem der Rundbögen, die auf zwei Säulen ruhend, den St.-Egidien-Platz einrahmen. Plötzlich läuteten die Glocken aus dem kleinen aufgesetzten Türmchen der St.-Egidien-Kirche. Das große Kirchentor öffnete sich, Blumenmädchen kamen heraus und verwandelten den Vorplatz in einen Blumenteppich. Hinter den Blumenmädchen schritt das Brautpaar unter dem Beifall der Umstehenden langsam heraus ins Sonnenlicht. Das kann doch nicht sein! Er traute seinen Augen nicht und hielt sich wie versteinert an dem Torbogen fest.

Das lange schwarze Haar, die funkelnden blauen Augen, die langen Beine – die Braut, die da im weißen Kleid in die Sonne trat war - Lea! „Seine" Lea. Der Zufall regiert die Welt! Das reale Leben folgt manchmal Gesetzen, die wir nicht kennen und nie kennen werden.

Als er wieder bei Sinnen war, verdrückte er sich schnell hinter eine der großen Tannen am Platz. Obwohl – selbst wenn sie ihn sehen würde, sie würde ihn wohl kaum erkennen. Zu krass ist die Vorstellung, zu absurd die Annahme, dass er hier aufkreuzen könnte. Das muss man sich mal vorstellen: Angeblich wegen eines kleinen weißen Taschentuchs fährt einer neunhundertdreißig Kilometer, hört dabei stundenlang immer dieselbe Musik und sucht unter fünfundfünfzigtausend Menschen ein Mädchen mit langen Beinen, dessen Busen er mal gestreichelt hat – so etwas kann sich nur ein krankes Gehirn ausdenken. Oder jemand, der völlig den Sinn für die Realität verloren hat. Ein Verrückter eben.

Er setzte sich auf die Randeinfassung des großen Brunnens, mit dem Rücken zur Kirche. Hinter ihm lauschte das Brautpaar jetzt einem Gesangsvortrag. Wahrscheinlich waren es die Brautjungfern, die ihre Glückwünsche singend darbrachten. Der Bräutigam stand lächelnd dabei. Ob er die beiden Narben schon entdeckt hat? Was soll`s? Ein Idiot sollte nicht auch noch überflüssige Fragen stellen. Er saß eine ganze Weile wie irre da und versuchte, sich nur auf das aufdringliche Plätschern des Brunnens zu konzentrieren. Nur nicht nachdenken! Was jetzt das Gehirn ausbrüten könnte, wäre eh nur Unfug.

Die Jungfern hatten ausgesungen. Der Jubel vor der Kirche verebbte. Das Brautpaar fuhr in einem geschmückten Auto davon, gefolgt vom Gehupe der Wagen, die sich anschlossen. Die Glocken verstummten, der Platz leerte sich.

Er erwachte aus seiner Lethargie. Was war passiert? Eigentlich war genau das passiert, was er IHR im Innersten wünschen würde. Dafür hätte er freilich nicht neunhundertdreißig Kilometer fahren und zwei Tage lang die Augen nach ihr ausstrecken müssen. Von der armen Tosca, die die ganze Zeit immer dasselbe Lied singen musste, ganz zu schweigen. Aber Erfahrung sammelt man nur durch Handeln und sei es durch falsches Handeln.

Jetzt störte ihn das Plätschern des Brunnens überhaupt nicht mehr. Ja, er hat sie im weißen Kleid gesehen. Ein wunderschöner Anblick, auch für ihn, gerade für ihn! Der kann sich glücklich schätzen, der sie einmal besessen hat. Egal, unter welchen Umständen. Er wünschte ihr, dass sie jetzt glücklich ist, glücklich bleibt, möglichst lange. Das Wort *ewig* wagte er nicht zu denken.

Er war auf eigenartige Weise auch glücklich. Er ging zur Kirche und nahm sich eine der ausgestreuten Blumen. Die legte er in die Schatulle zu dem weißen Taschentuch. Leise sagte er: „Das Taschentuch gehört jetzt mir. Für immer!"

Adieu, Poprad, Stadt am Gebirge.

Adieu, schöne Lea.

2009

Das blaue Schwarze Meer
Sewastopol

Obwohl der flaue Wind kaum die Wasseroberfläche kräuselt, klatscht das Wasser hin und wieder an die Bordwand unseres verankerten Bootes und spritzt in weißen Strähnen und glitzernden Perlen über Bord. Die Sonne überstrahlt dieses Spritztheater und lässt die Wasserfiguren funkeln und blitzen, durchsichtig und klar wie Diamanten. Wieso nennt man dieses Wasser das Schwarze Meer? Seine Spritzpartikel sind transparent, und wenn sie zurückfallen vereinen sie sich mit den tiefblauen Wassermassen, die nur ein Farbenblinder schwarz nennen kann. Schwarz mag es sein, das Meer, wenn dunkle Wolken darüber hinwegziehen, aber das gilt für jedes Meer gleichermaßen. Jetzt aber spiegelt dieses Meer das Azurblau des Himmels, der sich von Horizont zu Horizont über uns spannt.

Es ist heiß, selbst hier draußen auf dem offenen Meer. Wir sind hinausgefahren, wohl eine Stunde, um im offenen Meer zu schwimmen. Die Halbinsel, von der wir gestartet sind, ragt hoch auf. Weiße Felsen, die die Küste nach Norden hin abschirmen. Keine Menschenseele ist hier zu sehen, kein Hotel, keine Villa, keine Straße, keine Promenade … naturbelassen liegt das Land hinter der Schaumgrenze des Meeres, naturbelassen, wie schon die alten Griechen die Krim vorgefunden haben.

Der Bootsführer döst auf dem Vorderdeck, eine Zigarette im Mundwinkel, hin und wieder schaut er auf die Uhr.

Irina berührt mich von hinten. „Wollen wir schwimmen?"

Ja, wir wollen schwimmen.

Irina steigt als erste über die kleine Leiter am Heck des Bootes. Als ihre Füße das Wasser berühren, überzieht sich ihr Körper augenblicklich mit einer Haut, wie wir sie von Weihnachtsgänsen auf der Bratenplatte kennen. Sie lässt die letzten Stufen aus und stößt sich von der Leiter ins Wasser. Ich spiele den Mutigen und springe von Bord hinterher. Gemeinsam entfernen wir uns ein Stück vom Boot, immer bemüht, den zahlreichen Quallen auszuweichen, die mit ihren Tentakeln nach uns zu greifen scheinen. Dann berühren wir uns unter Wasser. Unter Wasser verschwinden die Hemmungen, die einen an der Oberfläche – selbst wenn man vor fremden Augen geschützt ist – befangen machen. Ich greife nach ihrer Hand. Wir haben uns noch nicht oft berührt, erst vor zwei Tagen haben wir uns kennen gelernt.

Ich umkreise wie ein Adler den Eingangsbereich des Aquariums und halte Ausschau nach einer jungen Frau, die ich noch nie gesehen, aber im Internet kennengelernt hatte.

Das Aquarium von Sewastopol, der von Katharina der Großen 1783 gegründeten und inzwischen größten Stadt auf der Krim, ist ein ehrwürdiges Gebäude, ein klassizistischer weißer Steinbau. Protzig belegt er eine gehörige Strecke entlang des Morskij Bulvar. Hier stehen die Gebäude, die – wenn man mit dem Schiff in den Hafen einläuft – das Bild von Sewastopol prägen: das Hotel Sewastopol, das Lunacharskij-Theater, der Palast, in dem das Teatr Tanzev untergebracht ist und eben das Aquarium. Weiter unten an dominanter Stelle, ein paar Meter vor der Kaimauer entfernt, steht die Adlersäule mit den Füßen im Wasser. Auf weißem Säulenschaft schwingt ein bronzener Adler seine Flügel – eine Erinnerung an den Krimkrieg von 1854, als die Russen zum

Schutz des Hafens vor Franzosen und Engländern ihre eigenen Schiffe in der Hafeneinfahrt versenkten.

Es ist schon fünf vor sechs. Am Nachmittag hatte sie auf meine Chat-Message geantwortet: Yes, I'm interested to meet you. Okay, at six o'clock near the entrance of the Aquarium.

Kaum zu glauben. Sie ist nicht mal halb so alt wie ich, was ich im Internet nicht verschwiegen habe. Wird sie wirklich mich alten Germanen treffen wollen? Und was heißt „meet you"? Ein kleines Schwätzchen bei einer Tasse Kaffee und dann: До свидания[1]? So ist das mit einem Date, das im Internet vereinbart wird – man weiß nie, was einen erwartet.

Egal, ich warte.

Ich habe Angst, dass ich sie nicht erkennen könnte, versuche, mir die Bilder aus ihrem Internet-Profil in den Kopf zurückzuholen. Vier Bilder von sich hat sie ins Internet gestellt. Doch die Bilder zeigen vier verschiedene Frauen, das jedenfalls ist der erste Eindruck. Das erste Bild: Ein junges Mädchen in einem Schneewittchen-Kostüm, zwei weitere Bilder – eine Frau mit langem Haar und elegantem Kleid, das letzte Bild – eine kurzberockte junge Frau, weiße Bluse, hochgestecktes Haar und dunkle Brille auf der Stirn. Beruf: Teacher, 31 years old, 1,71 m. Mehr verrät sie nicht. Wird das reichen, sie zu erkennen?

"Hallo, I am Irina, I think you are waiting for me?"

Verdutzt drehe ich mich um und sagte nur: „Yes."

Jetzt sind die Bilder wieder da, und sie stimmen. Die vier sehr unterschiedlichen Bilder vereinen sich in dieser jungen Frau. Wie sie vor mir steht, ist sie sowohl Schneewittchen als

---

[1] Russ.: Auf Wiedersehen

111

auch die Lehrerin mit der weißen Bluse und der Brille, aber auch die Frau im eleganten Kleid.

"How are you?" fragt sie.

Ich bin natürlich very fine.

„We can speak Russian", platzt es aus mir heraus.

„Oh, you speak Russian? That's fine."

Damit beginnt für mich der dreitägige Versuch, die Klippen der russischen Sprache zu umschiffen, denn mit „I speak Russian" war ich wohl etwas zu forsch.

Unser Weg vom Aquarium über die Uferpromenade, den Morskij Bulvar, bis hinunter zur Adlersäule ist dicht bevölkert. Das Leben pulsiert, erst recht zu dieser vorabendlichen Stunde. Halbwüchsige Mädchen und Burschen jagen auf Wave-Boards die Promenade entlang. Die neueste Fortbewegungsart! Sie stehen aufrecht auf dem zweirädrigen Brett, die Schultern nach hinten gebogen, und der Oberkörper vollführt drehende Bewegungen, abwechselnd nach links und rechts. Ein Augenschmaus, nicht nur für einen altgermanischen Voyageur. Kleine Kinder fahren in chromglänzenden Elektroautos, Imitate bekannter europäischer Automarken, umher. Eine Band hat an der Kaimauer ihre Instrumente ausgepackt, die Verstärkeranlage aufgebaut und lässt die neuesten Songs hören. Die umstehenden Jugendlichen geraten in Zuckungen, die man mit gutem Willen als Tanz bezeichnen könnte.

Diese Betriebsamkeit erleichtert die Überwindung der anfänglichen Schüchternheit zwischen Irina und mir. Man kann das Geschehen kommentieren, während man überlegt, welches Thema man als nächstes anschneiden könnte. Irina hat sich chic gemacht, eine Schirmmütze aus einer Art engmaschigem Fischernetz hält ihre dunkelblonde Haarfülle gefangen. Aus den offenen Schuhen ragen zehn hellrot lackierte Fußnägel hervor. Zwischen Mütze und Schuhen wandern meine Augen so unauffällig wie möglich auf und ab. Ich suche nach russischen Wörtern, um etwas Freundliches zu sagen, meine Komplimente allerdings klingen sicher etwas unbeholfen.

„Ира – ты красавица[1]."

Sie lächelt und kommentiert, dass *Ira* ihr gefalle, und dass ich sie immer so nennen solle.

Sie lotst mich in ein terrassenförmig angelegtes Restaurants direkt am Meer. Mit jeder Etage wächst das Niveau der Ausstattung, was auch ein Ansteigen der Preisklasse vermuten lässt. Ganz oben angekommen sind wir fast allein. Weiße Tische und Stühle aus Korb, hellgrüne Sitzkissen, weiße Tischdecken, grüne Servietten. Die Tische – schon gedeckt mit Tellern, Gläsern und Bestecks. Wir setzen uns an einen Tisch an der Brüstung der Terrasse, von wo aus wir freien Blick über die von prallem Leben erfüllte Promenade und die breite Bucht von Sewastopol haben. Noch bevor wir unsere Bestellung aufgeben können, berührt die Sonne das Meer. Die Band begleitet das Schauspiel mit langsamen, romantischen Klängen, zu denen die Menschen auf der Promenade andächtig lauschen. Wir heben die Gläser - auf uns und diesen wundervollen Abend.

Wir wissen, wir haben nur drei Tage.

Am nächsten Morgen: Ich sitze zum Frühstück auf der Terrasse des Hotels Sewastopol. Allmorgendlich greift Wolodja auf der Uferpromenade direkt unterhalb der Frühstücksterrasse in die Tasten seines Akkordeons. Allerdings

---

[1] Russ.: Ira – du bist eine Schönheit

ist sein Repertoire recht begrenzt. Wenn ich beim Rührei angekommen bin, höre ich wieder die Melodie des ersten Brötchens. Nach dem Frühstück schlendere ich hinunter zu Wolodja, werfe in seinen verbeulten Hut ein Zweieurostück und setze mich neben ihn auf eine niedrige Mauer. Er lacht mich an, entblößt sein lückenhaftes Gebiss, das an einen Miniatursteinbruch erinnert. Sein zerfurchtes Gesicht strahlt vor Freude. Weniger wegen des Zweieurostücks, das ich ihm in den Hut geworfen habe, wohl eher weil ich tatsächlich wieder gekommen bin. Ein Nemez, der Russisch kann und jeden Morgen auf ein Schwätzchen vorbeikommt und etwas in den Hut wirft – kaum zu glauben. Wolodja sitzt im Rollstuhl wenn er auf dem Akkordeon spielt. In wieweit seine Versehrtheit nur vorgespielt, also betriebswirtschaftlich begründet ist, vermag ich nicht zu sagen. Es interessiert mich auch nicht. Ich genieße die morgendliche Kühle und die frische Brise vom Meer. Und die Konversation mit Wolodja. Gestern hatte ich mit einem Fünfeuroschein seine Zunge gelockert. Er heiße Wolodja und spiele schon seit seiner Kindheit Akkordeon. Allerdings habe er damals kein eigenes Instrument besessen, er habe es immer von seinem Onkel borgen müssen. Es war ein Knopfakkordeon. Jetzt sei er alt und habe eines mit Tasten, und es sei sein eigenes. Er zeigt auf den Schriftzug auf der rechten Seite des Instrumentes. „WELTMEISTER" steht da mit lateinischen Buchstaben. Das kann er natürlich nicht lesen. Ich lese es ihm vor und erklärte, was das Wort bedeutet. Sofort richtet er sich in seinem Rollstuhl etwas auf und zeigt sein zahnlückenhaftes Lächeln. Als ich ihm sage, dass das Akkordeon ein deutsches Fabrikat ist, schwillt ihm noch einmal die Brust. Er sagt es nicht, aber man spürt, was er meint: Dir zu Ehren spiele ich auf einem Instrument aus deinem Land.

Ich lege noch einmal zwei Euro in den Hut.

Dann überrascht er mich mit der Frage, ob ich die Marke „Ochner" kenne?

„Ein Akkordeonfabrikat?"

„Ja, auch ein deutsches, das Beste, was es überhaupt an Akkordeons gibt."

„Ah, du meinst ‚Hohner'."

„Ja, sag ich doch."

„Gibt es schon seit über 150 Jahren."

„Na so was", er klaubt sein Geld aus dem Hut. Eigentlich sind nur meine Zweieurostücke nennenswert. Die ukrainischen Münzen sind das Material nicht wert, aus dem sie geprägt werden. Die größte Münze, 50 Kopeken (1/2 Grivna), ist gerade mal 5 Eurocent wert. Wolodja füllt sie trotzdem sorgsam in seine Tasche.

Er spare auf ein „Ochner", sagt er, nicht wissend, dass er dieses Ziel niemals in seinem Leben erreichen wird. Natürlich hüte ich mich, ihm die Hoffnung zu nehmen.

Als ich losgehe spielt Wolodja den Radetzky-Marsch. Er kennt sich aus, ist eben ein Profi.

Kegelbahn heißt auf Russisch Kegelbahn und Bowling heißt Bowling. Wenn doch alles so einfach wäre mit der russischen Sprache! Eine Bowlingbahn in Sewastopol unterscheidet sich in nichts von einer solchen Bahn in Berlin, München oder Kötzschenbroda. Auch hier haben die Menschen 5 Finger, von denen sie 3 in die dafür vorgesehenen Löcher stecken. Auch hier gelten die Gesetze der Physik. Einmal auf die Bahn gebracht, macht die Kugel was ihr beim Start mitgegeben wurde. Was dabei herauskommt ist nicht geheim, man sieht und hört es, und es wird mit dem Namen des Spielers und der Kopfzahl an der Anzeigetafel aufgeblendet. Irina hat mich am Vormittag hierher geschleppt. Ich bin wohl der Älteste unter den Bowling-Fans. Darum muss ich mich auch nicht schämen, dass ich der Schlechteste Spieler auf der ganzen Bahn bin.

Von Irina durch Sewastopol geführt zu werden, ist einfacher als Bowling. Obwohl – auch dabei kommt man bei über 30°C ganz schön ins Schwitzen.

Zwei einschneidende Ereignisse prägten diese Stadt: Der Krim-Krieg von 1853 bis 1856 und der zweite Weltkrieg. Im Krim-Krieg belagerten Engländer und Franzosen fast ein Jahr lang die Stadt, bis die russischen Verteidiger sie schließlich aufgeben mussten. Diese für beide Seiten verlustreichen Kämpfe sind auf einem riesigen Panoramagemälde auf der Innenwand eines kreisrunden Gebäudes dargestellt, in das mich Irina als erstes führt. Ich drehe zwei Runden auf dem Besucherrundweg des Panoramas und bin von der Darstellung dieses blutigen Gemetzels beeindruckt. Beeindruckt auch davon, dass in diesem Chaos noch jemand Freund und Feind unterscheiden konnte.

Von den russischen Erfolgen im zweiten Weltkrieg fast hundert Jahre später, den die Russen den Großen Vaterländischen Krieg nennen, kündet eine trutzige Bronzeskulptur (oder war es verrostetes Eisen?), die unser nächstes Ziel ist: Zwei überdimensionale Rotarmisten strecken die Waffen gen Himmel. Eine gewaltige Anlage auf einer Anhöhe über dem Hafen, durch den wir anschließend bummeln.

Der Abend ist in rotes Licht getaucht. Wer nichts Besseres vorhat geht hinunter an die Uferpromenade. Die Adlersäule glüht im Licht der Abendsonne und zeichnet einen gekrümmten Schatten auf die Ufermauer. Auf der unteren Etage des Morskij Bulvar, direkt am Meer, hat eine Band ihre Instrumente aufgebaut. Die Leute auf der Promenade tanzen, wenn sie nicht gerade auf ihren rollenden Untersätzen umherjagen. Junge Frauen führen ihre luftigen Kleidchen und ihre neuesten hochhackigen Stöckelschuhe aus. Sie halten unauffällig Ausschau nach Burschen, die deutlich in der Minderzahl sind.

Irina und ich finden einen Platz weiter oben auf der Terrasse des Morskij Bulvar. Die Bänke mit Blick auf den Sonnenuntergang sind sehr beliebt. Ein älteres Ehepaar rückt etwas zusammen und lädt uns zum Sitzen ein. Ein ehemaliger russischer Kapitän und seine Frau – Köchin auf demselben Schiff. Das waren noch Zeiten, sagen beide, bessere Zeiten. Dafür können die Menschen jetzt reisen. Überallhin – wenn sie Geld haben. Sie selbst reisen nicht ins Ausland, bemerken beide mit etwas Wehmut im Blick. Der Kapitän war am Ende des Krieges in Deutschland gewesen. Hamburg. Schönes Land, dieses Germania. Außer dem Hamburger Hafen habe er allerdings nichts gesehen. Ich erzähle von der Hochbrücke und vom Fischmarkt. Er nickt nachdenklich, ja, jetzt hätte man Zeit zum Reisen …

Als die Sonne ins Meer eintaucht spielt die Band einen Tusch. Unsere Gespräche verstummen, als gäbe es einen Grund zur Andacht. Danach gibt es auf der Promenade kein Innehalten; wie in Trance zucken die Mädchen und Jungen zur Musik oder ziehen ihre Bahnen auf ihren schnellen Rollen.

Ich stehe am Heck des Bootes und schaue zurück auf die Bucht von Balaklava, ein paar Kilometer südöstlich von Sewastopol. Bis zum Ende der Sowjetzeit waren die ganze Bucht und der Ort militärisches Sperrgebiet. Nicht mal die

Bewohner von Sewastopol durften sich ohne Sondergenehmigung hier aufhalten. Grund ist eine unterirdische U-Boot-Werft, die hier in den Felsen geschlagen worden war. Das Projekt stammte noch aus Stalins Zeiten. Von außen zu sehen sind nur zwei bogenförmige Öffnungen im Fels, Ein- und Ausfahrt, ähnlich den Eingängen natürlicher Wasserhöhlen.

Entlang der Bucht herrscht rege Bautätigkeit. Die „neuen Reichen" bauen sich protzige Villen. Die bizarre Architektur dieser Häuser lässt ahnen, dass der Geschmack der Besitzer nicht Schritt halten konnte mit der Vermehrung ihres Reichtums. An den Anlegestellen schaukeln Luxusjachten. Für ein kleines Beiboot einer solchen Jacht müsste Wolodja wahrscheinlich hundert Jahre Akkordeon spielen.

Nach kurzer Fahrt in Richtung offenes Meer ist die Einfahrt in die Bucht praktisch nicht mehr zu sehen. Man gewinnt den Eindruck einer geschlossenen Uferlinie. Möglicherweise ist diese gute Tarnung der Grund für die militärische Bedeutung der Balaklava-Bucht.

Ich gehe zum Bug des Bootes. Irina liegt auf dem Vorschiff und sonnt sich. Rechts und links wirbeln die Wasserfahnen der Bugwelle ihre Sprühvorhänge in die Luft. Der gleichmäßige Ton des Bootsmotors wird vom Gekreische der Möwen begleitet. Soweit das Auge reicht erstreckt sich die leicht gekräuselte Fläche des Meeres, kaum ist die Horizontlinie zu erahnen. Himmel und Meer haben die gleiche silbrige Farbe. Keine Spur von schwarz, hier am Schwarzen Meer.

Morgen werde ich nach Deutschland zurückfliegen. In das Land, wo fleißige Menschen beharrlich ihren Wohlstand hüten und mehren – jeder nach seiner Fasson, jeder auf seinem Niveau. Ein Akkordeonspieler kann sich, wenn er zwei

Jahre spart, ein Hohner-Akkordeon leisten. Gefeiert wird in Maßen. Wer wenig hat, versucht das wenige zusammen zu halten.

Ganz anders hier. Ich denke an das bunte Treiben an der Uferpromenade von Sewastopol. Hier lebt man anders. Gefeiert wird, wenn einem danach zu Mute ist. Wer kein Geld hat, der bewegt sich einfach nach dem Rhythmus der Musik, die bei Sonnenuntergang die Promenade zur Tanzfläche macht. Das kostet nichts, doch für ein Gläschen Krim-Wein reicht es allemal. Wieso denken hier alle Leute, mit denen ich gesprochen habe, dass es den Menschen im Westen besser geht? Weil wir in guter Hoffnung auf Erfolg auf ein Akkordeon sparen können? Oder uns ein Häuschen leisten können, für das wir ein Leben lang abzahlen?

Diese Fragen gehen mir durch den Kopf, während die rasante Fahrt über das Wasser ein Gefühl der Unbeschwertheit vortäuscht.

Der Bootsführer drosselt den Motor.
Irina berührt meine Schulter. „Wollen wir schwimmen?"
Ja, wir wollen schwimmen.

2011

119

Ist Sülze Kunst?
Köln

Nachdem Richard die Art Cologne mit von Kunst vernebeltem Hirn verlassen hatte, nahm er noch ein paar kräftige Schlucke (oder Schlücke?, oder Schlucks?) aus seinem Flachmann und bewegte sich zum Ausnüchtern in Richtung Rhein. Er kratzte sich am Kopf und dachte: Ich muss nochmal im Wörterbuch nachschauen: heißt Art wirklich Kunst; und was ist eigentlich Kunst?

An der Imbissbude am Rheinufer, einem der Handlungsorte vieler Kölner „Tatorte", bestellte Richard sich – wie die Kriminaler es immer tun – eine Currywurst und steuerte auf den einzigen Stehtisch zu, der nicht leer war. Das macht er immer so, im Gegensatz zu den Kriminalern und den meisten seiner Landsleute, die immer einen freien Tisch suchen. Der Mann an diesem Tisch, mittleres Alters, mit Stoppelkinn und halblangen fettigen Haaren hielt sich mit der einen Hand an der Tischplatte fest und stocherte mit der anderen in seiner Pappschüssel an einem Stück Sülze mit Majo herum. Auf dem Tisch standen mehrere leere Biergläser, oder – wie man in München sagt – mehrere Maße (oder Maß?, oder Masse?)

„Gestatten Herr …"

„von Sülze, angenehm, meinerseits gescheiterter Künstler, sehr gern, ich bitte ergebenst."

Um ein Gespräch in Gang zu bringen fragte Richard: „Waren Sie schon?"

„Wo?"

„Na drin."

„Wo drin? Meine Frau ist abgehaun."

„Ich meine in der Art Cologne."

„Art *was*?"

„Na, Art Cologne! Die Kunstausstellung!"

„Meine Frau ist abgehaun, allein geh ich nirgendwo hin."

„Aber zum Sülzeessen schon?"

Da der Mann längst bemerkt hatte, dass Richard kein Einheimischer war, bemühte er sich leidlich Hochdeutsch zu sprechen.

„Ja, das ist meine Art der Verdrängung dieser Trennung von meiner Frau. Sülze ist nicht Trennung, sondern Vereinigung alles Fleischigen nach der Losung: Fleische aller Arten vereinigt euch! Oder muss es heißen: Fleischs aller Arten …?"

„Vereinigt euch – womit?", fragte Richard.

„Na untereinander und mit der Schwabbelmasse, Mister Currywurscht."

Herr von Sülze fingerte eine Zigarettenschachtel aus der Tasche und bot Richard eine an. Noch bevor der zugreifen konnte, steckte er die Schachtel wieder ein und setzte den philosophischen Disput fort: „Heutzutage ist ja sogar in vielen Freiluftlokalen das Rauchen verboten, aber Currywurscht darf man überall essen, obwohl der Qualm einer Zigarette nix is gegen den Gestank einer Currywurscht."

„Oh, tut mir leid", sagte Richard, legte die Holzgabel neben den Rest seiner Currywurst und schob beides an den Rand des Tisches.

„Hatten die auch lebende Schweine auf Ihrer Art Cologne wie damals auf der Documenta in Kassel?", fragte von Sülze.

„Nein, nur ein ausgestopftes Schwein. Außer den Besuchern war nichts Lebendiges dabei."

Herr von Sülze starrte auf seinen Pappteller. „Die sollten mal so ein Stück Sülze an die Wand nageln in dieser Art Dingsda."

„Und *was* darunter schreiben?" fragte Richard gespannt.

„Na einfach KUNST, sonst denken die Leute ja, es sei Sülze."

„Was Kunst ist, bestimmen nicht wir, sondern die Ausstellungsmacher."

„Ja, ja, mein Fehler! Ich habe immer so gemalt, wie es den Leuten gefiel, oder ich habe versucht, irgendeine Stimmung zu erzeugen. Provokationen waren nicht mein Ding. Und was habe ich jetzt davon? Sülze!"

Richard schluckte ein Stück Currywurst hinunter und versuchte den Mann zu provozieren: „Kunst muss nicht gefallen, Kunst muss die Ausstellungsbesucher aufschrecken."

„Alles klar, aber ich muss jetzt niemanden aufschrecken und auch keine Ausstellung machen, sondern mich auf die Socken. Hatte die Ehre Mister Currywurscht, ich danke ergebenst."

Nach einem Wink in Richtung Imbissbude wankte Herr von Sülze ein Bein nachziehend davon.

Richard nahm seine mit Curry verschmierte Pappschale mit dem in der rechten oberen Ecke asymmetrisch angeordneten Rest Wurst und der verschmierten Holzgabel in der Diagonale, zögerte eine Weile, hielt die Pappschale etwas von sich weg und verglich das Ganze mit seinen Eindrücken von der Kunstaustellung … das könnte doch auch als Kunstwerk taugen, genauso wie das Stück Sülze eben. Kommt nur darauf an, wer es an die Wand nagelt.

Schließlich rief er sich zur Ordnung, warf das Ganze in die Tonne und trabte davon.

2013

Siamesische Verwirrung
Pattaya/Jomtien

„Du musst dir eine Frau suchen!" Joseph, ein Mann aus Wien, achtundfünfzig Jahre alt, braun gebrannt, mit spiegelblanker Glatze, sitzt neben Richard am Rand des Swimming-Pools, baumelt mit den Füßen im Wasser, streicht sich mit der rechten Hand über seinen leichten Bierbauch und schaut Richard an, als wäre er dessen Vater, der ihn auf den richtigen Weg ins Leben leiten muss. „Du bist nun über ein Jahr hier in Thailand; du willst doch nicht unbeweibt durch den Rest deines Lebens wandeln. Frauen sind das Salz in der Suppe, und ohne Salz sind die Suppe und das Leben fade. In deinem Appartement mit den kahlen Wänden oder mit dir selbst reden, ist keine Lösung."

Richard beugt sich vor, sieht im Wasser sein Spiegelbild, bläst die Backen auf, presst Luft durch die Zähne und erwidert: „Wenn das mal so einfach wäre, bei meinem Alter und meiner Figur."

Joseph legt ihm die Hand auf die Schulter und zieht die Augenbrauen hoch: „Komm, du spinnst ja wohl. Du bist gerade mal acht Jahre älter als ich, und arm bist du auch nicht gerade. Und an der Figur kannst du ja noch ein bisschen arbeiten."

„Was heißt hier *nicht arm*? Ich will mir doch keine Frau kaufen. Wenn schon, dann suche ich eine Frau, mit der ich zusammenleben kann; miteinander schwätzen, Reisen unternehmen, Ausflüge machen, …"

„Mein Lieber, hör auf einen Insider, eine junge, hübsche Frau zu finden ist hier überhaupt kein Problem. Ob sie deinen Vorstellungen entspricht, wirst du dann herausfinden. Ob man zusammen leben kann, erfährt man nur durch Zusammenleben. Schau dich um, wenn du durch die Gegend schlenderst, lächle eine an, und wenn sie zurücklächelt, ziehst du an der Angel. Nichts ist einfacher als dieser erste Schritt. Mit dem Zusammenleben allerdings ist es nicht so einfach. Schau mich an, in den fünf Jahren, die ich hier in Thailand bin, habe ich bestimmt schon ein halbes Duzend Mädchen kennen gelernt, bin mit ihnen Essen, an den Beach und ins Bett gegangen. Aber Zusammenleben – das haben wir nicht gepackt, wir haben es nie länger als drei Monate ausgehalten."

„Aber es muss doch auch andere geben, Frauen, die an einer dauerhaften Beziehung interessiert sind. Joseph, ich hoffe, du verstehst mich recht: mit dir jeden Morgen hier am Pool zu sitzen und über Gott und die Welt schwadronieren ist toll, zumal es eine Möglichkeit ist, in unserer Muttersprache zu parlieren. Aber wenn ich dann nach oben in mein Zimmer gehe, wäre es schön, wenn es jemanden gäbe, der – oder besser die – auf mich wartet."

„Versuchs doch mal im Internet. Es gibt eine Menge Dating-Seiten, mit hunderten Frauen, die einen Farang[1] suchen. Aber sei vorsichtig, im Internet wird oft gemauschelt. Bei vielen der Damen spielt ein Altersunterschied von zig Jahren angeblich keine Rolle, aber eigentlich suchen sie nur eine Geldquelle, die ihnen ein sorgloses Leben garantiert. Das sagen sie natürlich nicht direkt, aber du merkst es später." Joseph lächelt mit bitterer Miene: „Manchmal auch zu spät. Und eines muss dir immer klar sein: Die erste Geige bei al-

---

[1] Für Thai-Frauen – ein weißer westlicher Ausländer

len Thais spielt in jeder Beziehung die Familie. Du bist bestenfalls die Nummer Zwei."

Richard nickt nachdenklich. Eine ganze Großfamilie am Hals haben … . Er blickt hinüber zur gegenüberliegenden Seite des Pools, wo sich eine junge Thai mit endlos langen schwarzen Haaren, die erst da enden, wo ihre Beine anfangen, eng an ihren Farang schmiegt, einen glatzköpfigen Franzosen von wahrscheinlich über sechzig Jahren. Gestern war er noch mit einer anderen hier.

„Also, Ösi, schwimmen wir noch eine Runde?"

„Alles klar, Piefke. Und nicht vergessen, morgen Abend – unsere Schachpartie! Und ich hoffe, du lässt mich mal wieder gewinnen."

Bei den fünfzehntausend Baht Miete pro Monat, die Richard für sein 40 qm Appartement im Kondominium mit dem schönen Namen „View Talley" in Jomtien bezahlt, ist WiFi inklusive. Wasser und Strom gehen extra. Dieses WiFi öffnet ihm ein Fenster zu Welt. Früher schrieb er ellenlange Briefe, jetzt chattet er oder schreibt E-Mails. Das geht zwar schneller und ist billiger, aber er findet es irgendwie kulturlos. Beim Briefeschreiben gilt: Erst denken, dann schreiben. Nur was in Sinn und Wort bereits im Kopf existiert, fließt über die Feder aufs Papier. Löschen kann man da nichts.

Der Kugelschreiber löste die Feder ab und die Tastatur den Kugelschreiber. Früher schrieb man beispielsweise: Bitte bestelle für mich einen Kaffee zum Mitnehmen, heute tippt man: Pls 4me a coffee to go. Und wenn einem etwas nicht gefällt, dann ändert man es oder drückt auf DELETE.

Trotz seines Alters hat Richard es gerade noch geschafft, sich auf diese neue Art der Kommunikation einzustellen. Kulturlos oder nicht, jetzt ist er wild entschlossen, sich mit

seinem Laptop im Internet in der Welt der beziehungssu-
chenden Damen Thailands umzuschauen. Dies immerhin
wäre ihm als Briefschreiber nicht möglich gewesen.

Dating-Seiten gibt es eine ganze Menge, ein gewaltiger
virtueller Marktplatz mit Fotos der Suchenden und mehr oder
weniger aussagekräftigen Beschreibungen, so genannten
Profiles. Richard sucht sich eine Seite aus, auf der man –
bevor man einen gebührenpflichtigen Vertrag abschließen
muss – wenigstens die Galerie der Damen anschauen kann.
Die Galerie besteht aus 12520 Bildern; alles Mädchen und
Frauen zwischen achtzehn und fünfundsechzig. Das sollte
doch auch für ihn etwas dabei sein! Vor der Kontaktaufnah-
me mit den Damen steht jedoch die gebührenpflichtige An-
meldung bei der Seite. Da muss man sich quasi nackt auszie-
hen und in seinem eigenen Profil genaue Angaben zur eigenen Person machen: Alter, Größe, Gewicht, Bildung, Beruf,
Religion usw. Schließlich muss man sich noch verbal beschreiben und ein paar Fotos hochladen.

Richard durchläuft brav die ganze Prozedur der Profiler-
stellung und merkt dabei, wie schwer es doch ist, sich selbst
zu beschreiben. Als er gerade mit seinem Profil fertig ist,
klopft es an der Tür. Das kann nur Joseph sein. Richard ruft:
„Komm rein, es ist offen."

Joseph steht lächelnd in der Tür, das Schachbrett unter
dem Arm. „Hab mir schon gedacht, dass du am Computer
hängst. Und? Schon eine gefunden?"

„So schnell geht das nicht, ich habe erst mal mich selbst
gefunden, mein Profil gebastelt. Schau es dir mal an, bevor
ich es hoch lade."

Joseph setzt sich an den Computer und scrollt über den
Bildschirm. Nach einer Weile rückt er den Stuhl zurück und

schaut Richard lächelnd an. „Ja, mein Lieber, das bist du, wie du leibst und lebst."

„Aber?"

„Aber so kannst du das nicht für eine Dating-Seite verwenden."

„Wieso, stimmt etwas nicht?"

„Doch, es stimmt alles. Aber das genau ist das Problem. Du darfst nicht schreiben wie du bist, sondern wie du willst, dass die Damen dich sehen, und dabei musst du immer nahe an der Wahrheit bleiben. Das ist eine Kunst, mein Lieber. Du bist zu sehr Wissenschaftler und zu wenig Künstler. Das Internet ist kein Beichtstuhl, sondern eine Flunkerbude. Wahrscheinlich sind neunzig Prozent der Profile getürkt. Das beginnt mit Alter und Gewicht und endet mit den Fotos, die oft mehrere Jahre alt sind."

„Mmmm, andere zu beschreiben ist halt einfacher, als sich selbst darzustellen."

Joseph klopft Richard auf die Schulter und sieht ihn an wie ein Vater seinen minderbemittelten Sohn. „Komm her, ich werde dir einen Alternativvorschlag unterbreiten und du suchst inzwischen ein paar Fotos heraus, auf denen du im besten Licht erscheinst. Sie können auch etwas älteren Datums sein. Die Selfies, die du gestern auf die Schnelle gemacht hast, sind ungeeignet."

Nach einer halben Stunde schauen sie das Ergebnis gemeinsam an. Richard runzelt die Stirn. „Naja, ähnlich ist dein Portrait von mir schon, ähnlich, aber nicht deckungsgleich. Und bei meinem Alter und meinem Gewicht hast du dich vertippt."

„Nun ja, Vertippen kann schon mal passieren. Dieses Profil ist kein Foto, sondern ein künstlerisches Abbild deiner Person."

„Okay, dann laden wir das künstlerische Abbild   jetzt hoch."

Nach einem Knopfdruck erscheint nach kurzer Wartezeit auf der Dating-Seite ein neues Mitglied, ein Mann, der Richard sehr ähnlich ist.

Joseph schiebt den Laptop zur Seite und baut das Schachbrett auf. „Jetzt wartest du erst mal paar Tage, ob sich Damen bei dir melden. Wenn nicht, oder wenn nix Passendes dabei ist, musst du selbst aktiv werden. Und jetzt musst du erst mal hier aktiv werden; du hast Weiß und beginnst, dafür gewinne ich heute."

Und so war es. Richard spielte unkonzentriert und verlor. Er war in Gedanken wohl noch zu sehr mit seinem Alter Ego beschäftigt.

Am nächsten Morgen: Richard startet sofort nach seinem Morgensport am Pool den Computer und loggt sich in die Dating-Seite ein. Vierunddreißig Zuschriften! Voller Tatendrang beginnt er, sich mit den Profilen der kontaktfreudigen Damen und deren Messages zu beschäftigen. Als er fertig ist, ist es schon Mittag, er lehnt sich zurück und seine Stimmung ist auf dem Nullpunkt. Schon die Fotos sind eine Enttäuschung. Entweder es gibt im Profil nur ein einziges Foto (ein Bild ist kein Bild – so Joseph), oder die Fotos passen überhaupt nicht zum angegebenen Alter, oder was er sieht, entspricht nicht seinem Geschmack. Oder Größe und Gewicht (selbst wenn es stimmte) weichen stark von seiner Wunsch-Relation ab: Gewicht in Kilogramm ist gleich oder kleiner als Größe in Zentimeter minus 100 cm. Manche der Damen lehnen es sogar ab, den Wohnort zu wechseln. Soll er etwa in einem winzigen Drecknest irgendwo im Isaan den Rest seines Lebens fristen? Und dann der Text der Zuschriften!

Richard gesteht sich ein, dass sein Englisch auch nicht gerade nach Oxford klingt, aber was die Damen da schreiben ist für ihn kaum entzifferbares Kauderwelsch. Das mag teilweise daran liegen, dass die Thai-Sprache und die europäischen Sprachen in Syntax und Semantik so grundsätzlich verschieden sind. In Thai gibt es weder Punkt (also auch keine abgeschlossenen Sätze), noch Ausrufezeichen, Fragezeichen, Komma oder Semikolon. Es gibt auch keine Großbuchstaben und mehrere Wörter werden ohne Leerzeichen dazwischen aneinandergereiht (bis die Zeile voll ist), was ellenlange Buchstabenwürmer ergibt. Entsprechend sehen dann auch die englischen Texte aus.

Nach zwei weiteren Tagen, die ähnlich ernüchternde Ergebnisse zeitigen, trifft Richard sich wieder mit Joseph am Swimming-Poll und berichtet über seine Misere.

„Genauso habe ich es auch erwartet", tröstet ihn Joseph. „Taucht ein neuer Kandidat auf der Web-Site auf, stürzen sich die Damen, die bisher bei ihrer teilweise jahrelangen Suche keinen Erfolg hatten, auf den Neuankömmling."

„Und was nun?"

„Du musst selbst aktiv werden. Nach deiner Registrierung bei der Dating-Seite hast du die Möglichkeit, die erweiterte Suchfunktion zu nutzen. Erstelle in der Suchfunktion einen Filter mit dem du alle Einträge aussortierst, die dich eh nicht interessieren. Zum Beispiel das Alter: von …bis. Damit reduzierst du die Anzahl der infrage kommenden Damen wesentlich, und anhand der Fotos kannst du entscheiden, wem du eine Message schreiben willst. Sortiere auch diejenigen aus, die vor mehr als einem Monat zuletzt aktiv waren. Die Dating-Seiten lieben es, alle Leichen aus ihrem Keller mitzuschleppen, um mit einer hohen Zahl von Mitgliedern zu glänzen."

Am nächsten Morgen kommt Richard ganz aufgeregt am Swimming-Pool auf Joseph zu. „Es hat geklappt. Mit dem Filter reduziert sich die Zahl auf fünfundzwanzig, und nach Durchsicht der Fotos bleiben drei übrig. Einem Mädchen, einer gewissen Kitty aus Bangkok, habe ich sofort geschrieben, und binnen dreißig Minuten hat sie auch schon geantwortet. Eine Stunde lang haben wir dann gechattet und es scheint, wir schwimmen auf derselben Welle. Allerdings ist sie erst Achtunddreißig, etwa halb so alt wie ich."

„Und was hat sie als Wunschalter ihres Partners angegeben?"

„Bis achtzig Jahre! Kaum zu glauben, aber wahr."

„Richard, das ist Thailand! Da spielt das Alter eine andere Rolle als bei uns, und das hat nicht nur pekuniäre Gründe. Jetzt solltest du ihr ein Treffen vorschlagen, denn in der Realität sieht so manches anders aus als im Internet. *Face by face* ist das Zauberwort."

„Das habe ich schon gemacht, am Sonntag fahre ich nach Bangkok, wir treffen uns."

„Ich erkenne dich ja kaum wieder. Richard, als forscher Draufgänger!"

Die Shopping-Mall, die Kitty als Treffpunkt in Bangkok vorgeschlagen hatte, ist nicht so leicht zu finden. Bangkok ist ein Riesen-Moloch und Shopping-Malls gibt es ohne Zahl. Vom Busbahnhof aus nimmt Richard ein Motorrad-Taxi und gibt dem Fahrer den Zettel mit dem auf Thai geschriebenem Fahrtziel. Der Fahrer verlangt erst mal zweihundert Baht und stürzt sich dann in abenteuerlicher Fahrt in den Bangkoker Verkehr. Abgesehen davon, dass in Thailand links gefahren wird, scheint es keine festen Regeln zu geben. Jeder fährt so, dass er möglichst schnell voran kommt und sich und andere möglichst wenig gefährdet. Dass es nicht mehr Unfälle gibt, grenzt an ein Wunder. An der Shopping-Mall angekommen, postiert sich Richard wie vereinbart am Haupteingang und hält Ausschau nach Kitty. Er ist dreißig Minuten zu früh – eben ein echter Deutscher. Als er nach einer Stunde Wartens bereits am Erfolg dieses Unternehmens zu zweifeln beginnt, tippt ihm jemand auf die Schulter. „Hallo, I am Kitty. You are Richard?"

Richard wendet sich um und stottert: „Yes, I am Richard. Nice to see you."

Ja, das ist sie, in Natura genau wie auf den Fotos der Dating-Seite. Helles, klares Gesicht, dunkle, mandelförmige Augen und schwarze Haare, die fast bis zur Hüfte reichen, schlanke Figur und wenn sie lächelt – kleine Fältchen in den Augenwinkeln. Auch Gewicht und Größe scheinen zu stimmen; sie reicht ihm gerade bis zum Kinn.

Sie macht den Wai[1], er macht den Wai und dann gibt sie ihm lächelnd die Hand. „What we do?" fragt sie. Beinahe hätte Richard ihr Englisch verbessert, aber er konnte sich gerade noch bremsen. Er hatte recherchiert, wie man sich Thais gegenüber benimmt; Belehren und Kritisieren – nein, das geht gar nicht. Ihre zweite Frage ist nur ein Wort: „Restaurant?" Richard nickt, schließlich können sie nicht hier im Eingangsbereich der Mall stehen bleiben, um sich zu beschnuppern. Sie nimmt ihn bei der Hand und zieht ihn ins Gewühl der Shopping-Mall. Die dritte Etage ist die Restaurant-Etage – duzende Lokale, thailändisch, koreanisch, japanisch, italienisch, europäisch … . Aber auch solche Abfütterstationen wie Mac Donalds, Burger King, KFC usw. .

---

[1] Begrüßungsformel der Thais: beide Handflächen aneinander vor Brust oder Gesicht halten. Das ist auch die Haltung beim Beten.

Kitty kennt sich aus. Sie lässt das Pizza-Restaurant links liegen und steuert ein thailändisches Lokal mit dem schönen Namen „อาหารทะเล" an. Richard weiß natürlich nicht, was das heißt, aber nach Inspektion der Speisekarte ist es ihm klar – das muss „Seefood" heißen. Sie suchen einen freien Tisch und eine freundliche Bedienung reicht ihnen die Speisekarte. Alle Speisen, die ihm auf den Fotos entgegenblicken, sehen ziemlich spicy aus, das Rot der Chilis ist nicht zu übersehen. Richard erinnert sich an einen Besuch in einem Restaurant in Pattaya, kurz nachdem er in Thailand angekommen war. Nichtsahnend hatte er aus der Speisekarte etwas ausgewählt, das auf dem Foto sehr lecker aussah. Er brachte nur einen Bissen runter, dann brannte sein Mund und Rachen, als hätte er sich als Feuerschlucker versucht. Nie wieder!

Richard klappt die Speisekarte zu und erklärt Kitty, er lasse das Lunch aus und trinke nur ein Bier.

Kitty schaut ihn ungläubig an. Sie ahnt, warum Richard kneift. Sie legt Richard die Hand auf den Arm, „I order for you – not spicy." Richard nickt und winkt die Bedienung herbei. Dann beginnt eine längere Unterhaltung zwischen Kitty und der Bedienung. Das junge Mädchen nickt immer wieder freundlich und kritzelt etwas auf ihren Block, wobei sie Richard unauffällig mit neugierigen Blicken streift. Kitty zeigt mit dem Finger auf verschiedene Stellen der Speisekarte, was jeweils eine umfangreiche Diskussion zwischen den beiden Frauen auslöst. Richard staunt. Was hier wie die detaillierte Erörterung eines komplizierten Sachverhaltes aussieht ist doch eigentlich nur die Essenbestellung für zwei Personen. Aber eben auf Thailändisch!

Als erstes kommt Richards Bier und ein lila Saft aus irgendeiner Frucht für Kitty. Richard hebt das Glas und strahlt Kitty an. Kitty strahlt zurück. Dann füllt sich der Tisch mit zahllosen Schüsseln, Tellern, Schälchen und einer Stellage mit verschiedensten Essenzen. Vor Richard steht nur ein Teller – Papaya-Salat, not spicy. Kittys Bitte ist in der Küche angekommen – der Salat ist für ihn essbar, und nicht nur essbar, sondern very, very lecker. Das kann er voller Stolz sogar auf Thai verkünden: „Alloy mak mak."

Während des Essens kommen sich Kitty und Richard näher. Sie erzählen ausführlich, was in einem Profil auf einer Dating-Seite keinen Platz findet. Kitty lebt mit ihrer Mutter und den beiden Kindern ihrer Schwester in einem Haus in einem Außenbezirk von Bangkok. Sie hat einen Verkaufsstand für kleine Snacks in einer nahegelegenen Schule. Dort versorgen sich die Schüler mit ihren Pausenbroten. Die kleinen Mahlzeiten bereitet Kitty selber zu, unter Anleitung ihrer Mutter, die ansonsten offenbar keiner festen Beschäftigung nachgeht. Richard erzählt, woher er kommt, und warum er beschlossen hat, in Thailand zu leben. Kitty interessiert sich dafür, wo und wie er in Thailand lebt – allein, oder …? Allein in einem Appartement in einem Kondominium in Jomtien, nahe Pattaya.

Nach reichlich einer Stunde legt Kitty ihre Essstäbchen auf den Tisch, wischt sich den Mund mit einer Serviette ab und schaut Richard fragend an: „We go?"

Richard verlangt die Rechnung, schaut nochmal über den Tisch und wundert sich: fast die Hälfte von Kittys Mahlzeit liegt noch unberührt auf Tellern und in Schüsseln. Hat es ihr nicht geschmeckt? Doch auch auf anderen Tischen, die von den Gästen verlassen wurden, sieht er noch reichlich Speisen, als hätte man das Mahl nur kurzzeitig verlassen. Die reinste Vergeudung, denkt Richard, und das in einem Land, das von Reichtum nicht gerade gesegnet ist.

Im Hinausgehen schaut Richard auf die Uhr. Er hat nur noch eine halbe Stunde Zeit, dann muss er sich auf den Weg zum Fernbus machen, um vor Einbruch der Nacht wieder in Jomtien zu sein. Aber das Schwierigste stand noch bevor: Wie kann er Kitty dazu überreden, ihn nächste Woche in Jomtien zu besuchen. Vielleicht sogar zwei Tage (und eine Nacht)? Auf dem Weg durch die Mall zum Ausgang fragte er sie wie nebenbei: „Can you visit me next weekend in Jomtien? Maybe Saturday and Sunday?" Um sie positiv zu stimmen, fügt er noch dazu, dass sie einige Sehenswürdigkeiten in der Umgebung besichtigen könnten. Als er anhebt, einige Ausflugsziele aufzuzählen, unterbricht sie ihn mit einer sehr kurzen Antwort: „Yes, I can." So einfach hatte sich Richard das nicht vorgestellt. Zwei Tage und eine Nacht, das war doch schon wesentlich mehr, als nur zwei Stunden an einem Tisch in einem Seefood-Restaurant zu sitzen und über dies und das zu tratschen. Richards Miene hellt sich auf, und Kitty macht den Eindruck, als hätte sie denselben Plan auch schon ins Auge gefasst. Am Ausgang der Mall vereinbaren sie, die Details des Besuchs in Jomtien über LINE[1] zu besprechen. Kitty küsst Richard auf die Wange und verschwindet im Gewühl. Richard sagt laut zu sich selbst: „ Das könnte was werden." Die vorbeigehenden Leute wundern sich, was dieser alte Farang da in sich hineinmurmelt.

Am nächsten Morgen am Swimming-Pool: Richard hat schon eine Runde gedreht, als Joseph erscheint. Richard lässt ihn gar nicht zu Wort kommen und sprudelt los: „Es war phantastisch, einfach phantastisch!

---

[1] In Asien gebräuchliche Kommunkations-App

„Meinst du deine erste Schwimmrunde oder deinen Besuch in Bangkok?"

„Natürlich Bangkok und Kitty."

„Ich habe es dir schon angesehen, als du aus dem Wasser gestiegen bist. Erzähl schon!"

„Ihr Profil auf der Dating-Seite hat nicht gelogen und auch nicht die Fotos. Kitty ist eine Perle, jung, hübsch, schlank und gar nicht schüchtern. Okay, ihr Englisch ist nicht so toll, aber sie hat keine Scheu, munter drauflos zu plappern und meistens konnte ich herausfinden, was sie meint."

„Nun mal langsam, mein Lieber. Was und wie diese Kitty in Wirklichkeit ist, muss sich erst noch herausstellen, denn oft trügt der erste Schein. Du kennst doch den Spruch, dass vielen Männern der Verstand in die Hose rutscht, wenn sie ein hübsches Weib sehen."

„Na ja, von Hose war erst mal nicht die Rede."

„Vorsicht! Ich habe selbst erlebt, dass viele Thai-Damen bei der Anbahnung einer Beziehung zu einem Farang sehr geschickt agieren. Nicht selten geht es dabei schlicht und einfach ums liebe Geld."

„Joseph, du nimmst mir den ganzen Enthusiasmus. Ich glaube, Kitty ist da anders. Aber nächstes Wochenende besucht sie mich hier, und dann wirst du sie kennen lernen. Dann kannst du dir selbst ein Bild machen und mich einen Naivling oder einen Glückspilz nennen."

„Okay, so machen wir es. Und jetzt rein in die lauwarme Brühe!"

Am Samstagmorgen ist Richard natürlich zu früh am Busbahnhof in Jomtien. Es gibt kaum ein schattiges Plätzchen, und Sitzplätze gibt es gar keine. Aber das macht ihm nichts aus, schließlich wartet er auf Kitty. Nach einer halben Stunde will er sich gerade eine Pfeife anstecken, da biegt der große blaue Bus auch schon um die Ecke. Kittty ist eine der Ersten, die aussteigt. Hallo! Hallo! Küsschen, Küsschen. Da es zu Richards Kondominium nicht weit ist, schlägt er vor, zu Fuß zu gehen. Kitty drückt ihm ihre Reistasche in die Hand und sie marschieren los.

„What about your bus-travel?", fragt Richard.

"I sleep all the time", sagt Kitty und erzählt noch etwas auf Englisch, das Richard nicht versteht. Er nickt trotzdem.

Am Kondominium angekommen, rauschen sie im Lift hoch in die achte Etage, Richard öffnet die Tür zu seinem Appartement und heißt sie mit einer schwungvollen Geste eintreten. Kitty schaut sich interessiert aber nicht sehr überrascht um, wirft auch einen Blick ins Bad und auf den winzigen Balkon. Von dort aus schaut sie fasziniert über die Dächer der Häuser hinüber aufs Meer. „I like the sea, but I cannot swimm", sagt sie und schlägt die Augen nieder.

„We have a big swimming pool here at the Kondominium, I will teach you swimming when you are living here."

Hat sie verstanden, dass darin eine Frage lag?

Sie gehen wieder hinein ins Zimmer, und Kitty mustert die winzige Kochzeile und das breite Bett, das fast ein Viertel des Raums einnimmt. Sie dreht sich um die eigene Achse und fragt:„You buy or you rent?"

„Rent", antwortet Richard. Er habe das Appartement nur gemietet, weil er sich noch nicht sicher sei, wo er sich in Thailand niederlassen wird.

Dann schnappt sich Kitty ihre Reisetasche und verschwindet im Bad. Sie wolle sich etwas frisch machen. Zum Glück hatte Richard schon frische Handtücher im Bad bereitgelegt.

Nach etwa einer halben Stunde kommt sie wieder heraus, in weißen Hot-Pants und einem frechen T-Shirt, mit noch feuchten Haaren, die ihr über Schulter und Rücken hängen und fragt: „Go lunch?"

In Jomtien zu Mittag essen – kein Problem. In der näheren Umgebung des Kontominiums gibt es jede Menge Restaurants, einfache Thai-Küchen mit Tischen und Hockern, meist im Freien, und auch noble Lokale, die Richard bisher meist gemieden hat, nachdem er die vor dem Eingang ausliegende Speisekarte mit den Preisen inspiziert hatte. Man kann in einer Thai-Küche für 60 Baht satt werden, es schmeckt vorzüglich (wenn man *not so spicy* ordert), und eine Flasche Wasser bekommt man gratis dazu. In den noblen Farang-Restaurants muss man dagegen etwa das Fünffache veranschlagen. Dafür sitzt man bequemer, auf dem Tisch liegt eine Tischdecke, eine Stoffserviette und schweres Besteck, und das Wasser heißt „San Pellegrino" und kommt aus Italien – aber dem Magen ist das alles egal.

Richard auch.

Kitty nicht.

Sie geht zielstrebig auf ein Restaurant namens „Da Nicola" zu und findet es *beautiful*. Richard zuckt kaum merklich. Immerhin kann man draußen auf der Terrasse sitzen, was gut ist, weil Richard rauchen kann. Kitty raucht nicht. Als Richard sie danach fragt, macht sie nur „Brrrrrr."

Noch bevor das Essen gebracht wird, merkt Richard, dass Kitty unruhig auf ihrem Stuhl hin und her rutscht und ihre Augen durch die Gegend irren. Irgendetwas will sie loswerden, aber findet wohl nicht die rechten Wörter.

Nach dem Essen setzt sie schließlich zu einer längeren Rede an, die Richard kaum zur Hälfte versteht. Klar wird nur, dass Kittys Mutter ihr verbietet, mit einem Mann zusammenzuleben (oder mit ihm zu schlafen – das hat Richard nicht ganz verstanden), mit dem sie nicht mindestens verlobt ist.

Das könnte spätestens heute Abend tatsächlich zu einem Problem werden, denn Kittys Rückfahrt ist ja erst für morgen geplant.

Und was „verlobt auf Thailändisch" heißt, hat Kitty auch erklärt. Er, Richard, müsse ihr einen goldenen Ring kaufen und ihn ihr, Kitty, vor den Augen der Mutter mit einer Verlobungserklärung anstecken. Okay, die Verlobungserklärung verstehe die Mutter eh nicht, aber es komme auf die Prozedur an.

Was nun?, denkt Richard. Wenn er ehrlich ist, scheint sich das Sahnehäubchen auf seinem Plan, Kitty übers Wochenende einzuladen, in Luft aufzulösen. Er kann nicht verhindern, dass sich sein Gemütszustand auf sein Gesicht überträgt, was auch Kitty nicht verborgen bleibt. Ohne seinen Unmut verbergen zu können fragt er: „Should I book for you a hotel?"

Kitty hat natürlich längst verstanden, worum es geht. Genau genommen gehört es zu *ihrem* Plan für dieses Wochenende. Doch davon hat Richard in diesem Moment nicht die geringste Ahnung. Er ist viel zu sehr damit beschäftigt, sich die bevorstehende Nacht *mit* beziehungsweise *ohne* Kitty vorzustellen.

Kitty schaut ihn an wie eine Mutter, die ihr Kind vor Ungemach bewahren will, legt ihre Hand beruhigend auf die seine und erklärt, dass es vielleicht eine Lösung für dieses Problem gäbe, eine Lösung ohne Hotel. Sie könnten gemeinsam nach dem Essen nach Pattaya fahren, in einem Gold-Shop einen Ring kaufen und am Abend beim Dinner eine kleine private Pre-Verlobung feiern. Ihre Mutter müsse davon ja nichts erfahren und die richtige Verlobung könne man dann bei nächster Gelegenheit in Anwesenheit der Mutter nachholen. Richard hebt sein Glas und prostet Kitty zu: „Good idea."

Nach dem Essen halten sie direkt vor dem Restaurant einen 10-Baht-Bus an, um nach Pattaya zu fahren. Diese Busse für den Innenstadtverkehr, die auch die kurze Route Jomtien-Pattaya bedienen, sind umgebaute Pick-Ups, die auf der überdachten Ladefläche zwei Bankreihen für etwa zehn Personen bieten. In Stoßzeiten quetschen sich allerdings auch weit mehr Fahrgäste auf die Ladefläche, manchmal auch doppelt so viel.

In Pattaya steigen sie auf der Second Road beim „Central Festival" aus, eine elegante Shopping-Mall, in der es auch mehrere Gold-Läden gibt. Die Auswahl an Goldringen ist riesig, und die Bandbreite der Preise ebenso. Richard ist klar, dass er sich nicht kleinlich geben darf, aber anderseits auch ein Preislimit setzen muss. „Upto tenthousend Baht", sagt er kurz. Kitty nickt, und ihre Augen beginnen über die Auslagen zu wandern. Solch eine Prozedur nimmt wahrscheinlich bei Frauen auf der ganzen Welt eine geraume Zeit in Anspruch, aber bei Kitty dauert sie besonders lange. Als Richard schon ungeduldig wird, entscheidet sie sich schließlich für ein Exemplar, das Richard nicht gewählt hätte, weil der Stein in seiner Winzigkeit fast im einfassenden Gold verschwindet. Aber Kitty steckt ihn an ihren Ringfinger, schwenkt die Hand vor Richards Gesicht hin und her und findet den Ring genau richtig für eine Dame ihres Alters. Als Richard die Verkäuferin nach dem Preis fragt, zuckt er einen kurzen Moment zusammen. Zwölftausend Baht! Aber jetzt um die 20 Prozent über Limit zu feilschen, das ist ihm ein-

139

fach zu blöd. Er kauft den Ring und bekommt dazu von der Verkäuferin ein hübsches kleines Etui und von Kitty ein Küsschen auf die Wange.

Beim Schlendern durch die Shopping-Mall bleit Kitty plötzlich stehen und stellt fest, dass sie ja noch einen Bikini braucht, wenn sie morgen früh gemeinsam an den Swimming-Pool gehen wollen. Und natürlich eine Body-Lotion für danach. Richard nickt. Frauen denken eben an alles. Zumindest beim Einkaufen.

Mit dem Bikini tut sich Kitty etwas schwer. Thai-Frauen gehen normalerweise mit völlig verhülltem Körper ins Wasser, manche sogar mit ihrer normalen Kleidung, die sie danach am Strand am Körper trocknen lassen. Bei den Temperaturen, die normalerweise hier herrschen, kein Problem.

Erstaunlicherweise stimmt Kitty ohne Diskussion dem Bikini zu, den Richard für sie auswählt. Ausgesprochen sexy, selbst jetzt, da er nur auf dem Bügel hängt. Pinkfarben, mit einem winzigen Höschen und kleinen Körbchen, genau das Richtige für Kittys kindhaften Busen.

Die Body-Lotion allerdings wählt sie selbst aus: ein kleines Fläschchen in einer goldbeschichteten viel zu großen Schachtel. Richard kann nur die Wörter *Body-Lotion, Paris, London, New York* lesen und ahnt, was das Ding kostet.

Dann drängt er Kitty zum Ausgang der Schopping-Mall.

Beim Dinner im selben Restaurant, in dem sie schon mittags gespeist haben, vollziehen sie nach dem Essen die Prozedur der Verlobung, mit Ring und Kuss, aber ohne Mutter. Kitty legt ihre linke Hand auf den Tisch und lässt den Ring funkeln. „Thank you very, very much." Richard tut so, als wäre das doch selbstverständlich. Nachdem Kitty ihr Dessert verschlungen hat und der dritte Drink zur Neige geht, schaut

Richard auf die Uhr. Kurz vor zehn. Zeit für das breite Bett, das fast ein Viertel des Raums einnimmt.

Am nächsten Morgen am Swimming-Pool. Richard macht Kitty mit Joseph bekannt. Joseph – ganz Gentleman – macht erst den Wai, dann imitiert er einen Handkuss und betont, wie sehr er sich freue, sie kennen zu lernen. Er mustert sie von oben bis unten und lächelt erst sie und dann Richard an. „Let us go swimming", schlägt er vor.

Kitty tritt von einem Fuß auf den anderen und schaut Richard hilfesuchend an. Zu Joseph sagt sie: „You go swimming and I go to the Jacuzzi." Und schon trippelt sie hinüber zu dem Wirlpool, der an den großen Swimming-Pool angebaut ist. Richard und Joseph springen ins Wasser, aber erwartungsgemäß schwimmen sie nicht, sondern setzen sich nebeneinander auf die Wasserbank.

Joseph kann kaum an sich halten: „ Na, wie war`s, gestern und letzte Nacht?"

„Wie im siebten Himmel", antwortet Richard.

Joseph rümpft die Nase: „Etwas genauer wäre schön."

„Nach dem Mittagessen waren wir in Pattaya, haben uns da etwas umgesehen und sind dann zum Abendessen ins „Da Nicola" gegangen. Ich habe gestaunt, was diese kleine Person alles in sich hineinstopfen kann. Dennoch blieb am Ende fast die Hälfte ihres Mahls auf dem Tisch zurück. Scheint in Thailand so üblich zu sein."

„Ja, stimmt. Auch die ärmsten Thais machen nie ihren Teller leer, auch nicht, wenn es ihnen offensichtlich schmeckt. Ja, und dann, nach dem Dinner?"

„Wie der altgriechische Läufer von Marathon sind wir vom „Da Nicola" zu meiner Klause geeilt. Und dort … darüber schweigt der Gentlemen. Ich sage nur so viel: Ich schwebte auf Wolke sieben."

Joseph lächelt. „Ja, ich glaube dir, das heißt: ich sehe es dir an. Sie ist wirklich eine bildhübsche Person, schlank und mit den typisch asiatischen Zügen. Aber hast du auch daran gedacht, dass nach der Sieben die Acht und dann noch mehr Zahlen kommen?"

„An die Acht denke ich jetzt noch nicht, bis Sieben ist es jedenfalls gut gelaufen. Komm, wir gehen auch ins Jacuzzi. Du kannst ja Kitty noch etwas auf den Zahn fühlen."

Von der Verlobungs-Prozedur und dem Ring hat Richard nicht erzählt. Joseph würde wahrscheinlich wieder mit seinen Bedenken kommen. Davon will Richard jetzt nichts wissen.

Am Sonntagabend fährt Kitty zurück nach Bangkok, „but only short", wie sie betont. Sie wolle nur einige Sachen holen und ihre Mutter bitten, die Verkaufsaktivitäten in der Schule zu übernehmen. Tatsächlich kommt sie schon am Dienstag zurück und richtet sich bei Richard häuslich ein. Sie bringt etliche Kleidungsstücke mit und einiges an Küchengeräten, die ihrer Meinung nach in einer Thai-Küche unentbehrlich sind.

Die nächsten drei Wochen von Richard und Kitty verdienen die Bezeichnung *vorweggenommener Honeymoon*. Mit Richards Motorroller unternehmen sie Ausflüge in die nähere Umgebung Pattayas. Sie besuchen den Floating Market, wo Richard über die Fülle von Seegetier und tropischen Früchten staunt, die meist von Booten aus angeboten werden, die auf den zahlreichen Kanälen und kleinen Seen schaukeln. Auch für den kleinen Hunger ist gesorgt. Und es gibt massenhaft hübsche Läden, in denen man Souvenirs, von kitschig bis geschmackvoll, erstehen kann. Eingefärbte oder natürlich belassene Muscheln jeder Größe, Buddhas, holzge-schnitzt und vergoldet oder aus Messing, kunstvolle Holz-schnitzereien jeder Art, Wandschmuck, Textilien usw. Kitty kann nicht widerstehen und probiert ein Kleid im folkloristi-schen Stil an. Sie dreht sich, lässt den Rock schwingen und schaut Richard bittend an. Der nickt und zückt die Börse.

Sie besuchen auch das Aquarium, wo man durch Glastun-nel wie auf dem Meeresboden laufend, die Flora und Fauna des Meeres bestaunen kann. Über ihren Köpfen huschen grimmige Haie und allerlei Meeresgetier hin und her. Hier kann man auch all das lebendig sehen, was in diversen See-food-Restaurants auf dem Teller sein trauriges Ende findet.

Im Nong Nooch Tropical Botanical Garden, lässt sich Kitty auf dem Rüssel eines Elefanten fotografieren. Kurz danach malt derselbe Elefant mit seinem Rüssel und einem überdimensionalen Pinsel auf Pappe ein Porträt von Kitty, das allerdings keinerlei Ähnlichkeit mit ihr hat. Wahrschein-leich sehen alle Portraits, die der Elefant malt, gleich aus, egal welche Person Model steht.

Eines Abends schlendern sie auch über die Walking Street, Pattayas Rot-Licht-Meile. Richard hat diese Straße bisher gemieden, doch Joseph hatte ihm geraten, sich das Vergnügen wenigstens einmal zu gönnen. Auf beiden Seiten der Straße – eine Bar an der anderen. Leicht bekleidete Mäd-chen stehen vor den Eingängen oder sitzen an den Bartresen, die die Straße säumen. Die Mädchen animieren die vorbei-bummelnden Männer einzutreten, einem Mädchen einen Drink auszugeben und dann … das hatte Joseph nicht genau-er erklärt. Doch Richard ahnt es, als er das Schild liest, das von einem Mädchen mit superkurzem Röckchen und knap-pem Oberteil hochgehalten wird: Fuck today, pay tomorrow!

Ja, wissen die denn nicht, dass Prostitution in Thailand verboten ist?

Da Richard Kitty am Arm hat, bleibt er unbehelligt, während andere Männer von den Mädchen regelrecht genötigt werden, einzutreten und ihr Vergnügen auszuleben.

Die Walking Street beginnt an der Beach Road, die sich fast drei Kilometer am Meer hinzieht. Zwischen Straße und Meer befindet sich der relativ schmale Strand von Pattaya, der bei jedem Hochwasser immer wieder weggeschwemmt und danach mit Riesenaufwand wieder aufgefüllt wird. Doch Richard und Kitty gehen normalerweise an den Strand von Jomtien. Der ist breiter, nicht so dicht bevölkert und sauberer. Obwohl *sauber* nicht wörtlich zu nehmen ist. Überall am Strand und auch im Meer trifft man auf leere Plastikflaschen, weggeworfenes Plastikgeschirr und sonstige Abfälle. Kein Wunder, denn es gibt keinen Flaschenpfand und man bekommt in jedem Laden auch für den kleinsten Einkauf eine Plastiktüte.

Dienstags und donnerstags können Kitty und Richard allerdings weder an den Strand gehen noch Ausflüge machen. Da geht Kitty in die Schule.

Auf dem Weg vom Kondominium zum Strand fiel ihnen gleich in der ersten Woche von Kittys Besuch eine Reklame an einem Hauseingang auf: Jomtien English School – English for Thai! Am Informationstresen erfuhren sie, dass es Lehrgänge für Anfänger und Fortgeschrittene gibt, die jeweils auf ein Jahr angesetzt sind. Kitty war Feuer und Flamme. Ihr war klar, dass ihr Englisch verbesserungswürdig ist.

„How much is such a lesson for beginners?", fragte Richard.

"One year, 180 hours – 30000 Baht."

Richard schluckte. Dreißigtausend Baht – das ist eine Menge Geld. Anderseits: Wofür kann man Geld besser ausgeben als für Bildung? Die Kenntnis der Sprache ist unverzichtbar für jede Kommunikation. Und diese wiederum ist unverzichtbar für eine dauerhafte Beziehung. Außerdem freute er sich über Kittys Lerneifer und insgeheim stellte er fest, was ein Jahr Schule bedeutet: Kitty denkt nicht nur an eine kurzfristige Bindung. Also stellte er sein Schlucken ein, ging zum nächstliegenden Geldautomaten und legte die dreißigtausend Baht auf den Tresen. Lernmaterial war inklusive.

Nach einem Monat haben Kitty und Richard die Sehenswürdigkeiten der näheren Umgebung abgeklappert. Kitty sitzt eines Abends über ihren Englisch-Lehrbüchern und schreibt neue Vokabeln in ihr Heft. Dann schlägt sie das Buch zu und öffnet eine Landkarte von Thailand. Mit dem Zeigefinger zieht sie Linien über das Blatt und misst mit dem Lineal Entfernungen. Nach einiger Zeit sagt sie zu Richard, sie könnten Reisen zu sehr interessanten Zielen unternehmen, wenn sie ein Auto hätten. Sie habe auch einen Führerschein und sie könnten sich beim Fahren abwechseln. Richard hatte selbst schon daran gedacht, denn der Motorroller eignet sich nicht für Ausflüge über die Grenzen der Provinz hinaus.

Aber ein Auto – was kostet das? Er beginnt im Internet zu recherchieren. Da Thailand keine eigene Autoproduktion hat, müsste es wohl ein japanischer oder koreanischer Wagen sein, denn die europäischen und amerikanischen Autos sind unverhältnismäßig teuer. Nach langer Suche und Preisvergleichen fokussiert er sein Interesse auf einen Toyota. Am besten wäre ein Yaris, nicht zu groß und nicht zu klein und nicht zu teuer. Kitty meint, ein Honda wäre besser. Warum?

Honda genieße in Thailand ein höheres Ansehen. Ansehen? Ein Auto ist zum Fahren da, nicht zum Ansehen! Kitty gibt klein bei. „Up to you."

Nach einem Besuch auf der Internetseite von Honda und einem Preisvergleich entschließt sich Richard für Toyota, und sie beschließen, morgen die Toyota-Vertretung zu besuchen.

Im Show-Room von Toyota, der in Chrom und Glas funkelt, stehen sie alle beieinander, vom großen SUV bis zum kleinen Yaris, alle auf Hochglanz poliert. Eine junge Frau im schicken Toyota-Kostüm eilt auf Kitty und Richard zu. „What can I do for you?, fragt sie in feinstem Englisch." Richard erklärt ihr, dass sie sich erst mal etwas umschauen wollen und dann an genaueren Informationen zu einem Yaris interessiert wären. Die Frau bietet ihnen einen Kaffee an, kommt nach kurzer Zeit mit dem Kaffee und einem Stapel Prospekten zurück und bittet Kitty und Richard an einem runden Tisch mit Glasplatte Platz zu nehmen. Sie breitet ein Prospekt aus, auf dem alle lieferbaren Yaris-Modelle samt Ausstattung und Preis zu sehen sind. Richard bittet um etwas Bedenkzeit und vertieft sich zusammen mit Kitty in die Informationen. Während Kitty hauptsächlich die bebilderte Ausstattung begutachtet, hat Richard immer auch die Preise im Blick, die sich in Abhängigkeit von der Ausstattung deutlich unterscheiden. Für ihn gelten eher praktische Gesichtspunkte. Wozu braucht man Speichenräder? Räder mit Stahlfelge tuen es auch. Und sind Sportsitze notwendig?

Nach langem Hin und Her einigen sie sich auf ein Modell im Mittelfeld, das mit fünfhundertsechzigtausend Baht zu Buche steht. Richard winkt die Verkäuferin herbei, die schon das Kaufformular in der Hand hält. Richard zeigt mit dem

Finger auf das ausgesuchte Model und sagt: „What about the price? Is it negotiable? I pay cash."

Die Frau überlegt einen Moment und entschuldigt sich, sie müsse mit ihrem Chef reden. Nach fünf Minuten kommt sie im Schlepptau des Chefs zurück. Der stellt sich vor und schreibt auf einen kleinen Zettel, den er vor Richard auf den Tisch legt: 540.000,00 Baht.

Richard kratzt sich an der Stirn, sagt: „Sorry, too much" und tut so, als wolle er aufstehen. Der Chef zieht seinen Taschenrechner heraus, tippt einige Zahlen ein und drückt Richard wieder auf den Sitz zurück. „What is your limit?"

Richard antwortet ohne zu zögern, dass er maximal fünfhundertdreißigtausend Baht ausgeben könne. Der Chef tut, als überlege er nochmal. Dann schreibt er die Zahl 530.000,00 in das Kaufformular und gibt es seiner Kollegin mit einer Miene, als hätte er soeben seine Existenz gefährdet.

Kitty hat die ganze Zeit geschwiegen. Doch jetzt, da es beim Ausfüllen des Kaufvertrages darum geht, auf wessen Namen das Auto gekauft werden soll, wird sie aktiv. Sie diskutiert längere Zeit mit der Toyota-Dame auf Thai, was Richard natürlich nicht verstehen kann. Er wundert sich immer wieder, mit welchem langatmigen Wortschwall die Thais Dinge verhandeln, die seiner Ansicht nach nur weniger Wörter bedürfen. Schließlich erklärt die Verkäuferin ihm auf Englisch, dass es wesentlich einfacher wäre, das Auto auf eine Thai-Person anzumelden. Im Falle von Ausländern müssen zusätzliche Dokumente, unter anderem vom Immigration Office, beigebracht werden.

Plötzlich hört Richard ein kleines Alarmglöckchen läuten. Am liebsten würde er sich mit Joseph beraten. Doch das hätte er vorher tun sollen, jetzt war es zu spät. Forsch erklärt er der Verkäuferin, dies sei für ihn kein Problem. Er selbst wolle Eigentümer des Wagens sein. Sie möge ihm aufschreiben, welche Dokumente er beizubringen hat. Bis zur Auslieferung des Wagens vergehe ja eh noch etwas Zeit, und bis dahin werde er alles erledigen.

Die Verkäuferin wirft einen kurzen Blick auf Kitty, dessen Bedeutung für Richard ziemlich eindeutig ist. Was sie ihr auf Thai sagt, kann Richard nur ahnen. Zu ihm sagt sie kurz: „Up to you." Sie füllt den Rest des Kaufvertrages aus und Richard unterschreibt ihn. Mit dem Versprechen, er werde angerufen, wenn der Wagen zur Auslieferung bereit stehe, verlassen Kitty und Richard die Toyota-Vertretung. Richard kann den Stolz kaum verbergen, jetzt bald Autobesitzer zu sein. Kitty dagegen macht keinen glücklichen Eindruck. Aber – so denkt Richard – das wird sich schnell ändern, wenn sie gemeinsam die erste Ausfahrt mit dem neuen Auto machen; spätestens dann, wenn sie auch mal ans Steuer darf.

Zwei Wochen später kommt der Anruf vom Autohaus. Das Auto stehe bereit und könne abgeholt werden. Das Geld bitte in Bar und in großen Scheinen.

Richard fährt mit dem Baht-Bus zur Bank und dann samt dickem Geldbündel gleich weiter zum Autohaus. Kitty hat sich nach dem Anruf des Autohauses an die Stirn gegriffen und über starke Kopfschmerzen geklagt. Leider könne sie ihn nicht begleiten, leider! Sie nimmt eine Tablette und legt sich aufs Bett.

Im Autohaus geht alles ganz schnell. Die freundliche Verkaufsdame vom letzten Mal legt ihm einige Papiere vor, die er bitte unterschreiben möchte, obwohl sie in Thai verfasst sind, und Richard kein Wort lesen kann. Aber die Dame lächelt ihn freundlich an und zeigt mit dem Finger auf die Stellen, wo er unterschreiben muss. Blind-Signing – das kennt er schon von seinen Bankbesuchen – man unterschreibt ein leeres Überweisungsformular bevor noch der Empfänger oder die Summe eingetragen sind.

Dann ist es endlich soweit. Die Dame führt Richard hinaus, und da steht es, frisch gewaschen und poliert – sein neues Auto. Ein Techniker erklärt ihm (auf Thai) alle wichtigen Funktionen und zeigt am Ende mit gespreizten fünf Fingern auf den Tankdeckel und mit der anderen Hand auf eine Tankstelle auf der gegenüberliegenden Straßenseite. Aha, nur fünf Liter drin. Also Tanken!

Die Heimfahrt im neuen Auto würde Richard – wenn er nur Beifahrer wäre – als etwas ruppig bezeichnen. Jedes Auto reagiert anders, und das hier hat Automatik-Getriebe, was gewöhnungsbedürftig ist. Und der Verkehr? Na ja, einfach chaotisch. Als Mopedfahrer war er gewohnt, an jeder roten Ampel an der wartenden Autoschlange vorbei ganz nach vorn zu fahren, um dann bei Grün als einer der ersten zu starten. So machen es hier schließlich alle. Jetzt, mit dem Auto, muss er sich brav hinten anstellen. An den thailändischen Straßenverkehr ist er schön gewöhnt. Es gibt zwar Verkehrsregeln, aber die kennt kaum jemand. Und wer sie kennt, beachtet sie nicht. Man folgt einfach der Grundregel: Fahre so, dass du weder dich noch andere gefährdest. Das klappt natürlich nicht immer. Für Ausländer gilt noch: Streite dich nie mit einem Thai, der dir die Vorfahrt genommen hat. Auch dann nicht, wenn der andere gar keinen Führerschein hat.

Als Richard schließlich an seinem Kontominium ankommt, eilt er freudig nach oben und lädt Kitty ein, die neue Errungenschaft in Augenschein zu nehmen. Die meint, es genüge, wenn sie das Auto vom Balkon aus betrachte.

Richard ist enttäuscht, dass sie seine Begeisterung nicht teilt. Aber er nimmt es ihr nicht übel, schließlich hat sie Kopfschmerzen.

Am nächsten Morgen tut ihr der Kopf immer noch weh, weshalb sie leider auf das Vergnügen am Swimming-Pool verzichten muss.

Doch Richard ist ganz versessen darauf, Joseph von seiner Neuerwerbung zu berichten. „Etwas Probleme macht mir noch das automatische Getriebe. Bis jetzt habe ich immer Wagen mit Schaltgetriebe gefahren. „

„Daran gewöhnst du dich schnell", meint Joseph, „eigentlich ist es sogar bequemer. Gut, dass du bei dem chaotischen Verkehr hier einen Kleinwagen genommen hast, und außerdem findest du so leichter eine Parklücke."

„Er ist zwar klein", sagt Richard, „aber immerhin ist er für fünf Personen zugelassen, und der Stauraum hinter den Sitzen ist ausreichend für eine Menge Gepäck."

„Gut, mein Lieber, jetzt schwimmen wir erst mal ein paar Runden und dann gehen wir hinaus auf den Parkplatz, und du zeigst mir dein Schmuckstück."

Nach dem Schwimmen beäugt Joseph das Auto von allen Seiten. Er lässt sich sogar den Motorraum zeigen. Er klopft Richard auf die Schulter. „Allzeit gute Fahrt! Und nimm dir immer schön Zeit beim Fahren. Du weißt schon … Thailandverkehr!"

„Aye aye Sir."

Richard eilt nach oben zu seinem Appartement. Auf sein Klopfen öffnet Kitty nicht. Er klopft nochmal …. keine Reaktion. Zum Glück hat er den Schlüssel dabei. Die Tür ist nicht abgeschlossen, nur ins Schloss gefallen.

„Kitty, darling!" Verblüfft schaut er sich um. Keine Kitty. Ah, vielleicht ist sie im Badezimmer. Nein, auch da ist sie nicht. Doch es fällt ihm auf, dass Kittys Schminkutensilien verschwunden sind. Wo ist sie nur? Zurück im Wohnraum sucht er nach einem Zettel, einer Nachricht, wohin sie gegangen sein könnte. Doch er findet keinerlei Hinweis. Mehr noch, ihre Kleidung und ihre Reisetasche sind auch verschwunden. Richard macht sich nun ernsthaft Sorgen. Sie hatte doch starke Kopfschmerzen. Vielleicht musste sie die Ambulanz rufen und ist im Krankenhaus?

Drei Stufen nehmend, rennt er hinunter zu Josephs Appartement. Außer Atem berichtet er ihm, dass Kitty verschwunden ist.

Joseph versucht, ihn zu beruhigen. „Du musst nicht gleich das Schlimmste befürchten! Sie ist eine Thai! Sie wird schon wieder auftauchen. Hast du versucht, sie anzurufen?"

„Natürlich, mehrmals, aber sie nimmt nicht ab."

„Bleib am Telefon und warte einfach."

Den Rest des Tages und den ganzen Abend verbringt Richard wie in einer Nebelwolke. Unruhig rennt er mit dem Telefon in der Hand zwischen Balkon und Wohnungstür hin und her, versucht immer wieder sie anzurufen. Alles vergebens. Sie meldet sich nicht. Erst nach Mitternacht kann er ein paar Stunden schlafen.

Am nächsten Morgen berichtet er Joseph: „Sie ist nicht gekommen, auch keinerlei Nachricht. Ich bin wie durch die Mühle gedreht und habe kaum geschlafen."

„Was ist mit ihren Sachen, sind die auch verschwunden? Ihre Kleidung, ihr Pass, ihre Zahnbürste … "

„Alles weg, als wäre sie nie bei mir gewesen. Nur ihr Duft hängt noch im Zimmer."

Joseph legt die Stirn in Falten. „Na dann war's das wohl, mein Lieber. Du bist nicht der Erste, dem so etwas passiert, für Thai-Mädchen ist das nicht ungewöhnlich – sie kommen und gehen. Warum, das kann man nur ahnen. Streich Kitty aus deinem Kopf. Und sei froh, dass du das Auto auf deinen Namen eingetragen hast, sonst wäre das auch noch weg."

Richard will es nicht glauben. *Das hätte ich doch merken müssen!* Er wartet noch den ganzen Tag, bis zum Abend. Seine Anrufe nimmt sie nicht an, seine Chats liest sie zwar, aber beantwortet sie nicht. Er schaut immer wieder vom Balkon, ob sie nicht irgendwann mit ihrem kurzen Röckchen um die Ecke biegt. Er sah viele Menschen, Männer und Frauen, junge und alte, aber nicht Kitty.

Er sah sie nie wieder.

2016

Die in diesen Erzählungen auftretenden Figuren und ihre Handlungen sind frei erfunden. Ähnlichkeiten mit tatsächlich existierenden Personen sind rein zufällig.